VIE

DE

SAINT IGNACE DE LOYOLA

PAR

E. PELTIER

TOURS

ALFRED MAME ET FILS

ÉDITEURS

VIE

DE

SAINT IGNACE DE LOYOLA

—

3e SÉRIE IN-12

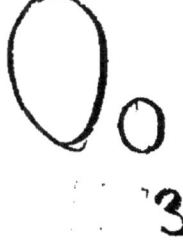

B. IGNATIVS LOYOLA FVNDATOR Soc. IESV.

Ut cognoscamus in terra viam tuam, in omnibus gentibus salutare tuum. Psal. 66.

AC. del.

T. HALON. sc.

VIE

DE

SAINT IGNACE DE LOYOLA

PAR

E. PELTIER

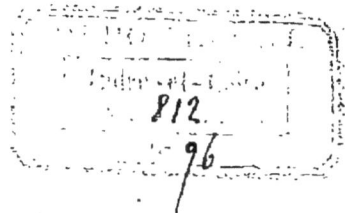
TOURS

ALFRED MAME ET FILS, ÉDITEURS

—

1896

VIE

DE

SAINT IGNACE DE LOYOLA

PREMIÈRE PARTIE

COURTISAN ET GUERRIER

(1491-1522)

Depuis longtemps convoitée par François Ier, roi de France, et par l'astucieux Charles-Quint, roi d'Espagne, la couronne impériale d'Allemagne venait enfin d'échoir à ce dernier, qui pour aller la recevoir des mains des Électeurs avait laissé à plusieurs vice-rois, nommés par lui, le gouvernement de ses provinces d'Espagne.

Aussitôt son départ, les Castillans se révoltèrent, et leur vice-roi Frédéric Henriquez, pour les soumettre, dut recourir aux troupes des provinces voisines. Dégarnie de soldats, la Navarre restait sans défense, quand celui qui la gouvernait pour Charles-Quint, le duc de Najera, apprit qu'Henri d'Albret, héritier légitime des rois de Navarre et injustement dépossédé par ce même Charles-Quint, marchait à grands pas sur Pampelune, qu'il savait insuffisamment défendue.

Don Manrique appelle son neveu, le noble Ignace de Loyola. C'est à lui qu'il confie le commandement de la place menacée, pendant que lui, Manrique, ira redemander au vice-roi de Castille les troupes nécessaires pour la secourir.

Ignace de Loyale n'en était pas à son premier fait d'armes ; déjà à l'assaut de Najera, où il monta un des premiers, il s'était couvert de gloire. Le poste dangereux qui lui est confié ne l'effraye pas ; il défendra Pampelune jusqu'à l'arrivée de son oncle, ou il mourra.

Ignace était le huitième fils de don Beltramo d'Onhez et de dona Marina Saëz de Licona y Balda ; sa famille était une des premières de l'Espagne, et tout dans sa personne correspondait à cette noble origine. Page à la cour de Ferdinand le Catholique, il y avait brillé autant par la distinction de ses traits que par sa vive intelligence ; courtisan et guerrier, il n'avait eu que des succès. Comment aurait-il pu se défendre de l'orgueil ?

Cependant Henri d'Albret s'avançait rapidement, partout acclamé sur sa route par les Navarrais, amis des Français. Aucun renfort ne pouvait parvenir de plusieurs jours à Pampelune. Magistrats, habitants, tous conjuraient Ignace d'ouvrir les portes. L'intrépide commandant résiste ; il harangue le peuple, les soldats, efforts perdus ! Les portes s'ouvrent. L'armée française entre en triomphe. Ignace se retire dans la citadelle ; là il se défendra avec les siens jusqu'à la mort ; mais l'artillerie ennemie démolit un pan de muraille. Ignace a la jambe droite cassée par un éclat de pierre; il tombe, et ses soldats, découragés, mettent bas les armes. Ignace, fait prisonnier, est traité en héros, et, dès qu'on le peut sans danger, il est reconduit en litière au château de ses pères, à Loyola.

Don Beltramo, père d'Ignace, n'était plus, et le chef actuel de la famille était son fils aîné, don Garcia.

Il attendait impatiemment son frère, et tous les jours il envoyait un messager à Pampelune pour s'informer de sa santé. Quand Ignace arriva enfin, les médecins rassemblés au château l'examinèrent et lui déclarèrent que sa jambe droite, dont il souffrait beaucoup, avait été mal remise.

« En la laissant ainsi, ajoutèrent-ils, le senhor commandant souffrira beaucoup et restera estropié.

— Que faut-il faire pour l'empêcher? s'écria don Ignace.

— La casser de nouveau, répondirent-ils, puis rapprocher les parties brisées et renouveler l'appareil.

— Faites alors, dit Ignace; je ne veux pas rester difforme. »

L'opération se fit sans qu'il poussât une plainte; mais le lendemain une fièvre ardente s'empara de lui, et le mal fit vite des progrès alarmants.

— Docteur, dit Ignace au médecin, je veux mourir en gentilhomme chrétien; que pensez-vous de mon état?

— Senhor, je pense qu'à votre âge la guérison est toujours possible. »

Le malade n'en demanda pas davantage et se prépara à la mort. Au milieu de sa famille consternée et de ses gens, qui lui étaient tous dévoués, il reçut les derniers sacrements, puis il s'endormit vers minuit. L'apôtre saint Pierre lui apparut en songe, posa sa main sur lui, et au réveil tout danger avait disparu. Bientôt après, les forces lui étaient rendues avec la santé. On leva l'appareil qui enfermait sa jambe ; on s'aperçut alors que les parties de l'os cassé s'étaient dérangées, que les nerfs s'étaient retirés, enfin que cette jambe allait se trouver beaucoup plus courte que l'autre.

Ignace, le courtisan par excellence, Ignace de Loyola serait boiteux, serait difforme ! Ce n'était pas possible.

« Je ne veux pas de cette saillie au-dessous du genou, dit-il aux chirurgiens. Quelle espèce de botte pourrais-je porter avec cela ? Je n'en veux pas. Vous allez faire une ouverture suffisante pour mettre l'os à découvert, et vous enlèverez toute la partie saillante.

— Senhor, répondirent les chirurgiens, Votre Excellence ne pourrait supporter de telles souffrances : il faudrait scier l'os !...

— Eh bien, vous le scierez.

— Mais, senhor, toutes les souffrances que Votre Excellence a endurées dans les opérations précédentes ne sont rien en comparaison de celles-ci.

— C'est mon affaire ; la vôtre est de faire disparaître cette infirmité. »

Don Ignace prononça ces derniers mots sur un ton si impératif, que les médecins n'osèrent répliquer. Il ajouta :

« Vous ferez faire une machine qui puisse forcer ce membre raccourci à reprendre sa longueur naturelle ; je ne veux pas rester boiteux.

— Senhor, j'admire votre courage, lui dit son médecin ; car ce que vous me demandez est un instrument de martyre, c'est un supplice réel. De grâce, que Votre Excellence réfléchisse !...

— Avant tout, je ne veux être ni difforme ni infirme. Prenez vos mesures ; quant à moi, je suis prêt. »

Don Garcia, averti par les chirurgiens de la résolution d'Ignace, essaya vainement de l'en détourner.

« Mon frère, lui répondit vivement le jeune courtisan, permettez-moi de vous dire, avec tout le respect que je dois au chef de la famille, que ce n'est pas à trente ans qu'on renonce aisément à ses avantages, à la cour, à la guerre et à tout ce qui fait le plaisir et la gloire de la vie.

— Vous pourriez vivre heureux avec nous, cher Inigo...

— A mon âge ? Non, senhor ; je tiens aux habitudes que j'ai prises. Les tortures dont on me menace, fussent-elles mille fois plus douloureuses encore, je n'hésiterais pas à m'y soumettre. Qu'est-ce que la douleur, comparée à ces désavantages ? »

On fut forcé de céder. Tous les préparatifs étant faits, on voulut lier le patient pour opérer cette jambe, dont il fallait d'abord faire disparaître la saillie.

« Me lier ? s'écria le courageux guerrier, m'attacher comme un fou ou un enfant ? Non, non, soyez tranquilles, je ne bougerai pas. »

Au moment de faire la première incision, l'opérateur pâlit ; il pressentait tout ce qu'il fallait faire souffrir à don Ignace :

« Courage, docteur, lui dit notre héros ; figurez-vous que vous opérez sur un cadavre. »

L'opération fut longue, et il est facile de comprendre combien elle fut douloureuse. Ignace ne jeta pas un cri, ne poussa pas une plainte, ne changea pas de visage.

« Quel admirable courage ! lui dit son frère lorsque tout fut terminé ; vous avez regardé scier cet os comme s'il eût été celui d'un autre. Je me demandais si je n'en souffrais pas plus que vous !

— Je tenais tant à en être débarrassé ! lui répondit-il. Comment aurais-je pu sans cela porter les bottes molles qui sont d'usage à la cour ? Il fallait faire ce sacrifice à l'élégance. »

Remis de cette opération et la plaie cicatrisée, il se livra au supplice de la machine en fer, destinée à allonger sa jambe. Il devait être torturé ainsi pendant plusieurs mois sans autre occupation que celle de ses souffrances et sans autre distraction que les causeries de famille.

Cependant le temps s'écoulait, et l'ennui se glissait à travers tous les rêves de l'imagination d'Ignace. Les romans de chevalerie, alors fort en vogue en Espagne, lui semblèrent devoir combler le vide qui se faisait sentir dans ses longues heures de solitude et de reclusion. Il s'amuserait de tous les exploits imaginaires des chevaliers errants, de leurs extravagantes aventures, de leurs prouesses impossibles. Cette idée le charme ; il appelle et ordonne qu'on lui apporte un de ces romans. Après quelques instants, son valet de chambre revient :

« Senhor, voilà tout ce que j'ai pu trouver.

— Comment ! je te demande un roman, et tu m'apportes des livres de dévotion ! Es-tu fou ?

— Senhor, il n'y en a pas d'autres.

— Va demander à don Garcia des romans de chevalerie pour moi.

— Senhor, j'y suis allé ; don Garcia n'a plus de romans ; Son Excellence n'a pas d'autres livres que ceux-ci. »

Ces livres étaient : la *Vie de Notre-Seigneur Jésus-Christ,* par le moine Landolphe, et la *Fleur des Saints,* l'une et l'autre en langue castillane :

« C'est bien, dit le jeune mondain, laisse-moi ces livres. »

L'ennui était le plus fort; l'esprit de don Ignace avait besoin d'aliment: faute de romans il acceptait des lectures que très certainement il n'aurait pas choisies.

« Ah ! disait-il souvent depuis qu'il gardait le lit, saint Pierre m'a guéri miraculeusement, je n'en puis douter ; c'est à lui que je dois la vie ; mais pourquoi me laisser boiteux? Pourquoi m'obliger à subir un traitement qui me retient si longtemps dans cette immobilité ! C'est à n'y rien comprendre ! A quoi me servirait la vie, si je ne retrouvais pas mes avantages personnels... J'aimerais mieux la mort!... »

Ainsi raisonnait l'homme de cour, vain de sa personne, fier de ses succès de société, orgueilleux par nature, ardent et généreux par le cœur, doué des plus brillantes facultés, et cloué par la volonté divine sur le lit de douleur où il croyait n'être attaché que par sa propre volonté, dans le seul but de satisfaire sa vanité.

Don Garcia d'Onhez n'entrait plus chez son frère qu'il ne le trouvât lisant ou écrivant.

« Vous trouvez donc de l'intérêt à la vie des saints, cher Inigo? lui dit-il un jour.

— Oui, senhor, j'y trouve des choses surprenantes, qui surpassent tout ce qu'ont pu faire les chevaliers imaginaires pour acquérir du renom. Tout d'abord, — peut-être par la contrariété d'être privé de romans, — je trouvais cette lecture insipide; mais l'ennui m'ayant forcé à la reprendre, j'ai fini par y trouver un puissant intérêt.

— Tant mieux, cher Inigo, car votre reclusion doit bien peser à une nature vive comme la vôtre.

— J'en souffre moins depuis que je m'occupe ; et cependant voyez à quel supplice je me condamne pour ne rien perdre de mes succès à la cour, tandis que tous ces saints ont fait bien plus dans la seule vue de plaire à Dieu ; et ils y ont gagné l'éternité, une éternité de bonheur. Mais moi, quelle sera donc ma récompense ? Je vieillirai, et ceux qui m'auront loué vieilliront comme moi.

— Il en est toujours ainsi dans le monde, Inigo, répondit Garcia. L'important pour vous n'est pas d'imiter les saints, mais de garder intact l'honneur de votre maison.

— C'est bien ce que je pense, mon frère ; d'ailleurs je suis dans l'âge des succès, et je ne puis y renoncer. Je ne serai jamais un saint. »

Mais Ignace lisait et relisait la vie des saints, tout en se raidissant contre la tentation de les imiter. Sans cesse il se demandait de nouveau :

Pourquoi n'aurais-je pas le même courage ? Plusieurs étaient nobles comme moi, plus nobles même, issus de sang royal. Ils ont tout sacrifié pour la gloire éternelle ; ils la possèdent. De quel côté est la sagesse ? de quel côté mon intérêt ? J'ai trente ans, je suis noble, j'ai ce qu'il faut pour plaire. Que ma jambe cependant se raccourcisse de nouveau, et il me faudra renoncer à la cour, aux plaisirs ! Les succès tiennent donc à un mouvement des nerfs, à une blessure, au moindre accident qui nous arrive ! Voilà à quoi tient le bonheur du monde. N'est-ce pas folie d'y aspirer ?

Mais le respect humain reprenant la parole :

Que dira-t-on de moi à la cour, si je la quitte ?

pensait-il. Que je suis devenu infirme, ou que, si j'ai perdu Pampelune, ç'a été par ma faute. Si on allait ainsi écrire l'histoire !

Et ses yeux, flamboyant à cette pensée, regardaient l'épée suspendue au chevet de son lit, comme s'il eût voulu la brandir.

Enfin un jour, prenant une forte résolution :

Deux volontés opposées me tiennent en suspens, se dit-il, c'est évident : l'une, qui me porte au bien, à la vie pénitente, m'inspire, quand je m'y laisse aller, un calme, une douceur inconnue qui m'enivrent ; l'autre, qui me porte au mal, m'agite, me trouble, me fait souffrir. Encore une fois, il y aurait folie à hésiter. Je ferai ce qu'ont fait les saints.

Telle fut la décision d'Ignace ; pour la communiquer il attendit le moment d'essayer ses forces ; l'hiver durait encore. Il employa ses loisirs prolongés à relire la vie de Notre-Seigneur et des saints, et à faire un recueil des traits qui l'avaient frappé davantage. Ce recueil, écrit dans le goût de l'époque, était tracé en couleurs différentes : d'or pour Notre-Seigneur, de rouge pour la sainte Vierge, et de nuances diverses pour les saints.

Mais au contact perpétuel de ces âmes héroïques, Ignace de Loyola devenait tous les jours un homme nouveau. Ses journées s'écoulaient dans la prière, dans la lecture, dans la méditation ; son langage n'était plus le même, et don Garcia, qui connaissait son caractère, s'en préoccupait sérieusement. Il savait qu'une fois décidé, son frère ne se laisserait ébranler par rien, et que tous les raisonnements échoueraient contre sa volonté bien arrêtée. D'ailleurs Ignace ne communiquait à personne les projets qu'il roulait dans son esprit.

Enfin les entraves furent ôtées et la liberté de mouvement fut rendue à sa jambe; il fallut cependant la fortifier peu à peu par un exercice modéré, avant d'entreprendre une marche sérieuse. Un jour qu'il revenait à cheval d'une promenade, son frère, qui l'attendait sur le perron, toujours inquiet, lui dit:

« Votre absence à cheval m'avait préoccupé, mon frère. Votre changement est tel, que je crains tout. Vous avez renoncé à la cour, aux honneurs, à tout enfin ce que vous aimiez. Vous ne vivez plus qu'en Dieu et il est fort à craindre que votre ferveur ne vous emporte trop loin.

— J'espère que non, lui répondit Ignace, que votre amitié se rassure. »

Voyant qu'il ne pouvait rien obtenir de plus, don Garcia le quitta, et quelques jours plus tard Ignace annonça l'intention d'aller rendre visite à son oncle de Najera. Garcia l'accompagna jusqu'à Ognate, où les deux frères se séparèrent. Ignace n'avait pas même, en partant, pris sa bourse. Mais pour dame et maîtresse il a maintenant la très sainte Vierge; elle n'abandonnera pas son chevalier.

DEUXIÈME PARTIE

MENDIANT ET PÈLERIN

(1522-1524)

En sortant de Navarretta, où demeurait son oncle, Ignace de Loyola suivit la route qui conduisait au Mont-Serrat, lieu de pèlerinage à la sainte Vierge.

Il y avait là un monastère de religieux bénédictins. Ignace demanda à être entendu en confession par l'un d'eux. On lui désigne dom Jean Chanones, chargé spécialement d'entendre les pèlerins. Après avoir reçu l'absolution, il obtient la faveur de passer la nuit dans le sanctuaire privilégié, aux pieds de Jésus et de Marie.

Comme il se présentait au parvis de l'église, il aperçut parmi les mendiants qui s'y tenaient accroupis, un mendiant en apparence plus pauvre que les autres et vêtu de haillons plus sordides. Il s'en approche, il le salue ; et priant cet homme de le suivre, il le mène à l'écart pour n'être entendu que de lui.

« Mon ami, lui dit-il, j'ai une grâce à vous demander ; en échange de mes habits, voulez-vous me donner les vôtres ? »

Ignace était alors vêtu comme les gentilshommes de l'époque : robe courte de velours incarnat bordée de menu-vair, fourrure que la plus haute noblesse avait seule le droit de porter; haut-de-chausses couvert dans le bas par la botte molle ornée du gland d'or, riche épée au côté, poignard de prix à la ceinture; enfin sur son berret, orné de broderies, flottait la longue et belle plume également réservée à la noblesse.

Le mendiant, ébahi, regardait sans comprendre. En suivant le seigneur il avait espéré une large aumône et non un troc de cette nature; et la pensée lui vint qu'Ignace avait perdu l'esprit.

« Je vous parle très sérieusement, reprit Ignace. J'ai fait un vœu. »

Dans ces siècles de foi ce mot expli uait tout.

« Oh! alors, volontiers, noble senhor, » reprend le pauvre Catalan, heureux d'une telle fortune.

Et aussitôt l'échange se fait. Ignace de Loyola, le fier Ignace, se revêt de haillons, et prenant la main noire du montagnard :

« Merci, lui dit-il, mon ami, vous m'avez rendu là un service qui ne sera pas oublié. »

Il rentre dans sa cellule, ouvre le paquet contenant les objets achetés par lui à Ignalada, en retire une longue tunique de toile, qu'il revêt, une corde de chanvre pour ceindre sa taille, des sandales en jonc tressé, enfin une calebasse qu'il attache à un long bâton. Il eût voulu marcher pieds nus; mais sa jambe droite le fait encore souffrir et s'enfle à la moindre fatigue; il se borne donc à ne laisser nu qu'un seul pied et à mettre à l'autre une sandale.

Dans les romans de chevalerie, autrefois sa lecture favorite, il a lu que les aspirants à cet ordre devaient faire la veillée des armes, c'est-à-dire qu'avant de recevoir solennellement l'épée et l'éperon, l'usage était pour eux de passer la nuit debout, couverts de leur armure et méditant sur l'engagement qu'ils allaient prendre.

Le nouveau chevalier de Marie veut imiter ces preux, qu'il admirait ; comme eux il fera donc la veillée des armes ; comme eux il méditera sur l'engagement à prendre.

Par-dessus sa corde, il ceint donc son épée, prend son poignard, qu'il passe à sa ceinture, et se rend à l'église. Il y passe la nuit en prières, pleurant sur son passé et méditant sur l'avenir. Avant le jour il déboucle son ceinturon, fait hommage à sa souveraine de son épée et du poignard, qu'il laisse appendus au pilier, entend la première messe et communie avec ferveur.

C'était le 25 mars 1522, jour de l'Annonciation. Les pèlerins étaient attendus en grand nombre, et Ignace, craignant d'être reconnu, sort au plus tôt de Mont-Serrat en faisant don aux pères bénédictins de son cheval.

Ignace désirait ardemment faire le pèlerinage de la terre sainte. Les croisades finissaient à peine, et le souvenir en était présent à tous les esprits. Mais à cause de la peste le port de Barcelone était fermé. En attendant que la navigation redevînt libre, et sur l'avis de don Chanones, Ignace se retira à Manrèze, petite ville peu éloignée de Mont-Serrat. Un couvent de dominicains et un hôpital s'y trouvaient. Que fallait-il de plus à Ignace pour satisfaire à la fois sa piété et sa charité ?

Une femme noble de Barcelone, dona Inès Pasquale, s'était, pour fuir la peste, réfugiée momentanément à Manrèze, d'où elle faisait à Mont-Serrat de fréquents pèlerinages. Le jour même de l'Annonciation, comme elle en revenait accompagnée de plusieurs personnes, elle rencontra un jeune pèlerin, dont l'air de distinction et la fatigue évidente la frappèrent.

« Suis-je loin d'un hôpital, senhora ? lui dit-il.

— Le plus proche est celui de Manrèze, où nous demeurons, répondit-elle ; mais si vous voulez marcher avec nous, nous ne sommes point pressés et nous irons aussi lentement que vous voudrez. »

Le pèlerin accepta une offre faite avec tant de bienveillance, mais il refusa le mulet qu'Inès voulait lui céder pour monture, et la petite caravane était déjà loin lorsqu'un envoyé de l'alcade de Mont-Serrat, qui courait à toute bride, les rejoignit, et s'adressant à Loyola :

« Est-il vrai, senhor, que vous ayez donné à un mendiant de Mont-Serrat de riches habits de grand seigneur ?

— Oui, répondit en rougissant Ignace.

— Eh bien ! senhor, l'alcade n'ayant pas voulu en croire cet homme, l'a fait mettre en prison, où il attendra mon retour.

— Hélas ! dit en pleurant le pèlerin, j'ai voulu faire un peu de bien à cet homme et je ne lui ai attiré que du mal !

— Soyez tranquille, senhor, répondit l'envoyé ; dans quelques heures il sera libre. »

Et, tournant bride, il repartit pour Mont-Serrat.

Dona Inès avait tout entendu, et elle ne doutait plus que le pèlerin, son compagnon, ne fût un grand seigneur en voie de devenir un saint. Elle le recommanda vivement à son amie, la directrice de l'hôpital où allait loger Ignace, et le soir même elle lui envoya **des mets de sa table.**

De plus en plus dominé par l'amour de Dieu, Ignace de Loyola avait soif des humiliations et des opprobres autant qu'il avait eu soif de la gloire. Ses habits de mendiant, sa barbe, ses cheveux négligés, ne suffisent pas à déguiser en lui le gentilhomme ; il apprend l'idiome castillan, il imite dans leurs manières, dans leur langage, les hommes du peuple, ou plutôt il les contrefait, dans l'exagération de son zèle. Il réussit ; car on se moque de lui, de sa longue barbe, du sac de grosse toile qui le couvre. C'était dur pour le grand seigneur, mais il se dit :

Le monarque que j'ai l'honneur de servir a porté pour l'amour de moi la robe des insensés. Les huées du peuple et ses risées l'ont poursuivi, lui, le roi du ciel et de la terre ! Ces bonnes gens qui se moquent de moi m'aident à vaincre mon orgueil. Courage donc, misérable pécheur ; que sont ces humiliations dont je souffre, près de celles qu'a endurées mon Sauveur !

Et non content de fouler aux pieds l'amour-propre, il remplaçait son linge si fin par un cilice ; une herbe longue et piquante cueillie dans la campagne fait sa ceinture. Les malades les plus repoussants sont ceux qu'il soigne de préférence, et la nuit, quand il dort, c'est la tête appuyée sur un morceau de bois et couché sur la terre. Encore ne donne-t-il au sommeil que bien peu d'heures.

Cependant le bruit se répandit qu'un grand seigneur se cachait à Manrèze et qu'il avait donné à un mendiant ses riches habits.

Ignace fut deviné ; on se reprocha de l'avoir humilié ; on l'entoura pour l'entendre parler de Dieu, et il en parlait avec tant d'amour que beaucoup de pécheurs se convertirent en l'écoutant.

Puisque Dieu daigne se servir de moi pour convertir, pensa Ignace, peut-être aurais-je fait plus de bien en restant à la cour au lieu de me déguiser en mendiant. A quoi me servent dans cet hôpital mes talents, ma naissance ? Tant d'austérités ne peuvent qu'éloigner de la sainteté. Et ma famille, ai-je bien le droit d'exposer son honneur aux insultes ? »

Si forte alors devint la tentation, que tout dans la nature impétueuse du héros se révolta. Son vêtement grossier, ses haillons, son aspect misérable lui faisaient horreur. Le service des malades, le pain de la charité, lui soulevaient le cœur ; il allait succomber, quand tout à coup à ces suggestions il reconnaît l'esprit du mal ; il court à ses malades, il les embrasse, les soigne plus amoureusement que jamais, et ne les quitte qu'une fois la tentation vaincue.

Mais cet assaut peut n'être pas le dernier ; à Manrèze d'ailleurs il est à peu près deviné, et y rester ne serait pas prudent pour lui. Ignace cherchera une retraite où les hommes ne puissent le troubler.

Il y avait, à peu de distance de Manrèze, une croix de pierre, la croix du Tort, au pied de laquelle Ignace allait s'agenouiller. Derrière cette croix, d'un côté coulait le Cardonero ; de l'autre côté s'élevait une montagne rocheuse dont les saillies attirèrent ses regards. Sous les broussailles et les pierres qu'il déplace, il découvre une grotte assez profonde et très obscure. Le jour, qui pénétrait par une fissure, permettait seulement d'apercevoir l'église.

Plein de joie de sa découverte, Ignace s'établit dans cette grotte, y passe les nuits en oraison et y maltraite son corps, jusqu'à ce que ses forces épuisées lui manquent. On le trouve évanoui à l'entrée de la grotte ; on le transporte à l'hôpital de Santa-Lucia, et pendant plusieurs jours sa vie est en danger.

La maladie céda enfin ; mais une autre maladie plus

Saint Ignace dans la grotte de Manrèze.

douloureuse encore, celle du scrupule, la remplaça et tint pendant longtemps l'intrépide pénitent dans la désolation la plus profonde. Il crut avoir mal fait sa confession générale de Mont-Serrat ; le ciel semblait fermé pour lui, et ses communions mêmes lui étaient devenues un supplice, tant le souvenir de ses fautes le troublait.

A l'exemple d'un saint ermite dont il avait lu la vie, il crut par un jeûne rigoureux obtenir la fin de cette tentation ; mais son confesseur, qui l'apprit, lui ayant ordonné de le cesser, il obéit comme un enfant, et la paix intérieure qu'il recouvra comme par enchantement récompensa aussitôt son obéissance.

Tant de mérites et de souffrances avaient intéressé en sa faveur toute la population des environs. On venait de toutes parts l'entendre, et les conversions se multipliaient ; mais sa santé s'étant affaiblie au point qu'il ne pouvait supporter aucun aliment, il retomba de nouveau dangereusement malade. Les bénédictins et les dominicains s'entendirent alors pour lui imposer le devoir, quand il aurait recouvré la santé, de renoncer à ses austérités excessives ; il se soumit sans répliquer, quitta également par obéissance son pauvre vêtement de Mont-Serrat, et par-dessus celui qu'on lui donna, se revêtit d'une longue robe de toile grise ayant la forme de celle des clercs ; il accepta aussi un manteau de drap bleu et un bonnet de même étoffe, pour se protéger contre le froid.

Cependant à Barcelone la peste diminuait d'intensité. Les bâtiments allaient bientôt reprendre la mer, et Ignace, dont les projets n'avaient pas varié, résolut d'aller en chercher un qui ferait voile pour l'Italie.

Ignace s'achemina donc à pied vers Barcelone, regretté de tous ceux qu'il avait édifiés à Mont-Serrat, et, par la volonté même de l'archevêque, accompagné de don Antonio Pujole, frère de dona Inès Pasquale, qui s'intéressait de plus en plus au saint pénitent. Elle avait craint pour lui la violence de quelques pécheurs obstinés dont il s'était fait des ennemis à Manrèze par ses exhortations, et elle avait obtenu, à force d'instances, qu'il ne voyageât pas sans protecteur. Ignace n'emportait pour toute provision qu'un peu d'eau dans sa calebasse et sa confiance en Dieu ; son livre d'office de la sainte Vierge était son unique bien ; il le donne en partant à un clerc, Cavaglia, pour le remercier de ses charités.

Pendant le carême de 1523, une femme pieuse et riche de Barcelone, dona Isabel de Rosello, suivait assidûment à la cathédrale les sermons d'un illustre prédicateur. Elle y remarqua le saint pèlerin, se sentit intérieurement portée à le connaître mieux, et, aussitôt rentrée chez elle, en parla avec admiration à son mari aveugle, auquel elle avait consacré sa vie dans la retraite. A la prière de celui-ci, elle envoya à l'église chercher Ignace, qu'il était aisé de reconnaître à son costume et à la distinction de sa personne. A titre de pèlerin, Ignace accepta de s'asseoir à leur table, et acheva de s'attirer leur sympathie et leur admiration par la manière dont il parla de Dieu. Mais il refusa de loger chez eux et les quitta, malgré toutes les instances, pour reprendre son genre de vie accoutumée.

Un capitaine de navire marchand consentit à accorder le passage gratuit au saint pèlerin, à condition qu'il se pourvoirait de vivres et ne demanderait pas l'aumône aux passagers. Avec l'autorisation de son confesseur, Ignace de Loyola, le fier Ignace parcourut donc les rues de Barcelone, demandant l'aumône aux passants, et acceptant les restes de pain, de la monnaie, n'importe quoi. Il mettait le vieux pain dans sa besace, la monnaie dans sa poche, et témoignait à tous une vraie reconnaissance.

Comme il mendiait ainsi dans une des grandes rues de la ville, il vit sur le seuil d'une maison une femme

1*

richement vêtue; il s'en approche, il la prie de le secourir au nom de Dieu.

« N'avez-vous pas honte, misérable vagabond, lui répond-elle, n'avez-vous pas honte du métier que vous faites? Il est aisé de voir que vous n'êtes pas né pour mendier. Je vous devine; à l'exemple de l'enfant prodigue, vous avez mangé votre bien, et vous achevez de déshonorer votre famille en tendant la main. »

Ignace écoutait sans répondre, les yeux baissés, dans une attitude respectueuse.

La senhora reprit :

« Où allez-vous?

— A Rome, senhora.

— Ceux qui y vont n'en reviennent pas meilleurs. Où demeurez-vous?

— A l'hôpital.

— Et votre nom?

— Je ne puis répondre à cette question, senhora.

— Je m'en doutais : vous êtes un misérable, et je ne vous donnerai rien.

— Rien n'est plus vrai, je ne mérite l'aumône de personne, et je suis le plus grand des pécheurs, hélas! Je vous rends mille grâces, senhora, de m'avoir traité comme je devrais l'être toujours. »

Et Ignace se retire après avoir salué profondément la femme qui vient de l'humilier ainsi.

Dona Zepilla était mère d'un fils dont les désordres avaient ruiné la fortune, qui s'était enfui quelques années auparavant, et dont elle n'avait point de nouvelles. L'air de noblesse d'Ignace, la distinction de ses traits et de sa personne lui avaient rappelé le fils dont elle déplorait les égarements, et, le croyant également coupable, elle l'avait traité sans pitié. La

douceur et l'humilité du noble mendiant l'éclai-
rèrent et lui donnèrent un vif regret de l'avoir
repoussé avec tant de dureté. Le soir même, elle lui
envoya une aumône considérable à l'hôpital, en lui
faisant demander de prier pour elle et pour le fils
dont le souvenir avait causé l'irritation qu'elle se
reprochait amèrement.

L'ancre est levée, le navire part. Ignace se rend
à bord. Sa calebasse est remplie d'eau; il a du pain
pour le voyage. N'est-ce pas assez? Quelques pièces
de monnaie lui restent; il les dépose sur le rivage
pour le premier qui les apercevra.

Cinq jours après, une bourrasque jette le navire
dans le port de Gaëte; Ignace prend aussitôt la route
de Rome. Le soir venu, il s'arrête dans une hôtellerie
où quelques personnes charitables l'invitent à s'asseoir près du feu. Ignace leur tend la main, il
demande un abri pour la nuit et une aumône. On
lui donne à manger et on l'envoie dans l'écurie. Le
noble Ignace accepte avec reconnaissance; tout ce
qui l'humilie lui est une grâce, car il sent encore
bouillonner dans son sang l'orgueil de race.

Le lendemain, au point du jour, il se remet en
marche. Mais la peste règne en Italie, et la pâleur,
l'air exténué de notre saint parlent contre lui. On lui
ferme les portes des villes; épuisé de fatigue, souf-
frant de sa jambe droite à peine remise, il est réduit
à s'arrêter dans un village où il ne peut se faire comprendre, car il ne sait pas l'italien. Enfin, à la suite
d'une princesse qui a pitié de lui, il peut parvenir
jusqu'à Rome et il y passe la semaine sainte.

Adrien VI, alors pontife, bénit le noble pèlerin et
l'autorise à aller en terre sainte. Le temps s'écoule.
Ignace se dispose au départ. Sept pièces d'or lui ont

été données par quelques Espagnols pour lui aider à entreprendre ce dangereux voyage. Ignace les distribue aux pauvres, et s'achemine, toujours à pied, toujours mendiant, vers Chioggia et Padoue.

Des voyageurs, à pied comme lui, consentirent à le prendre pour compagnon, mais arrivés aux portes de la ville, on les repousse ; ils n'ont point de laisser-passer. Ils ne veulent plus d'Ignace, dont l'aspect seul fait redouter qu'il ait la peste ; ils vont devant, et Ignace seul, épuisé de fatigue, ne sachant plus quel chemin prendre, Ignace se met en oraison, confiant dans le secours divin.

Ce secours ne se fait pas attendre ; Notre-Seigneur apparaît à celui qui souffre pour lui ; il le console et lui promet qu'il le fera entrer à Padoue et à Venise.

Ignace se remet donc en marche, plein de courage cette fois. Il rejoint ceux qui l'avaient quitté, apprend qu'ils n'ont pu entrer à Padoue, y entre lui-même sans que les gardes lui fassent même une question, enfin pénètre dans Venise, où il se réfugie pour y passer la nuit sous le portique du palais Trevisano.

Marc Antonio, seigneur de ce palais, et vénéré par ses vertus, venait de s'endormir, quand une voix le réveille et lui dit :

« Mon serviteur est couché sur la pierre à ta porte, et tu dors mollement dans un lit orné de riches étoffes ! »

Le sénateur se lève, court à la porte de son palais, rencontre sous son pied un corps qui fait un léger mouvement, s'assure que c'est un pauvre pèlerin sans asile, et le conduit dans sa demeure, où il le traite avec un grand respect.

Bientôt après un bâtiment vénitien faisait voile pour Chypre. Ceux qui s'intéressent à Ignace lui représentent le danger qu'il y aura pour lui d'être fait prisonnier et vendu comme esclave par les Turcs qui rôdent sans cesse dans la mer de Syrie.

« Je ne crains rien, répondit-il; et si les vaisseaux me manquaient, je ferais la traversée sur une planche avec l'aide de Dieu. »

Il est à bord, et le navire met à la voile. Mais passagers et matelots ont un langage que le saint pèlerin ne peut souffrir; il leur parle de Dieu, il les menace. Les têtes s'échauffent; on se monte contre lui, un complot est formé pour atterrir près de là dans une île déserte et l'y laisser. La manœuvre même est commencée. Tout à coup une rafale s'élève et le bâtiment, enlevé par la mer, est jeté au loin devant l'île de Chypre.

De Chypre à la terre sainte la traversée fut heureuse et facile. Débarqué à Jérusalem, Ignace voulait s'y établir, persuadé que les âmes dont il serait l'apôtre l'attendaient là; car à Manrèze Dieu lui avait révélé qu'il se servirait de lui pour la sanctification de ses frères. Mais pour se fixer à Jérusalem, il lui fallait l'autorisation du révérend Père provincial des franciscains. Ce provincial était absent. Quand il fut de retour, Ignace en obtint une audience et lui exposa sa demande.

« Je vous comprends et vous approuve, lui répondit le Père, mais nos ressources, déjà insuffisantes pour nous, ne nous permettent pas de vous garder, et les aumônes qu'on vous ferait diminueraient encore notre part déjà si restreinte. Je suis même forcé de renvoyer en Europe plusieurs de nos frères que je ne puis **nourrir; ils partent demain. D'ailleurs il est** plus sûr pour vous de retourner en Europe; les pèlerins sont souvent massacrés par les Turcs, quand ils ne sont pas vendus comme esclaves.

— Mon Père, ni la crainte de la mort ni celle de l'esclavage ne peuvent m'éloigner des lieux saints; celle d'offenser Dieu aurait seule le pouvoir de me déterminer à ce sacrifice.

— Alors partez, et sans délai, interrompit le Père, car voici une bulle du souverain pontife, laquelle nous autorise à excommunier quiconque demeurerait en terre sainte, malgré notre défense.

— Mon révérend Père, je vais partir, » répondit aussitôt en s'inclinant Ignace.

Et il se retira pour se préparer à partir. Mais avant de le faire, une dernière fois il voulut baiser, sur le mont de l'Ascension, les vestiges des pieds du Sauveur. Il y va seul, malgré le danger évident d'être tué ou peut-être emmené par les Turcs. Les franciscains, qui se doutent de son imprudence, envoient un Arménien à sa recherche; cet Arménien le trouve enfin, le maltraite, le ramène comme un criminel en le menaçant du bâton; mais ses injures laissent Ignace insensible. C'est pour Notre-Seigneur qu'il s'est exposé à cette humiliation, et c'est Notre-Seigneur qui le console.

Il part le lendemain; il arrive à Venise; mais le froid était vif, et ses vêtements de toile, les mêmes qu'à Manrèze, tombaient en lambeaux. Son manteau de drap avait disparu: quelque pauvre sans doute en avait eu besoin.

A Venise il retrouva un riche marchand espagnol qui le connaissait et dont il ne voulut rien accepter pour se préserver du froid, sinon une pièce de drap qu'il mettait sur son estomac toujours malade. A la fin cependant, et de peur de contrister son ami, Ignace en accepta encore une aumône de quinze pièces d'or, et, lui disant adieu, se mit en route.

Habillé comme nous l'avons vu, et grelottant de froid, il s'enfonce donc dans les montagnes couvertes de neige, toujours à pied et mendiant son pain de chaque jour. A Ferrare il entre pour prier dans la cathédrale; malgré son apparence misérable, un mendiant ose lui demander l'aumône. Les quinze pièces d'or qu'il possède reviennent alors à la mémoire d'Ignace. Il en donne une au pauvre, qui va, émerveillé, raconter à ses compagnons sa bonne fortune. Ceux-ci accourent; ils se succèdent autour du pèlerin si généreux, mais les pièces d'or sont épuisées.

« Je n'ai plus rien, mes bons amis, leur dit Ignace, ni pour vous ni pour moi. Je vous ai tout donné. »

En ce moment des personnes riches viennent à passer, et il va leur tendre la main.

« C'est un saint! c'est un saint! » s'écrient tout d'une voix les mendiants.

Ignace, à ce cri, disparaît. Il continue sa route en Lombardie, tantôt s'abritant pour la nuit sous un hangar, tantôt dans une masure en ruines.

La France était alors en guerre avec l'Espagne, et quelques troupes de Charles-Quint occupaient un village où il passait. On l'arrête, on le croit un espion; d'un mot il pourrait se faire connaître, mais ce mot il ne le dira pas: tant d'humiliations n'ont pas encore éteint en lui l'orgueil de race, et il le sent qui bouillonne en lui. Un rude châtiment l'attend peut-être, il en a peur; mais il commandera à sa peur et se taira.

On l'interroge, on le dépouille de ses habits pour voir s'il ne tient pas cachés des papiers compromettants ; n'en trouvant point et ne sachant que faire de lui, on le conduit au commandant du corps.

« Qui êtes-vous ? D'où venez-vous ? »

Ignace garde le silence.

« Où allez-vous ?

— A Gênes.

— Êtes-vous un espion ?

— Non.

— De quel pays êtes-vous ? Pourquoi voyagez-vous ? »

Ignace se tait toujours.

« Cet homme est un idiot, dit l'officier à ceux qui l'avaient amené ; comment avez-vous pu le prendre pour un espion ? Relâchez-le. »

Et, en le relâchant, les soldats le maltraitent, se moquent de lui. Ignace remercie Dieu intérieurement de tant de grâces.

Enfin un officier, auquel il fait pitié, lui fait prendre quelques aliments et lui donne un asile pour la nuit.

Plus loin, c'est dans le quartier des Français qu'il tombe ; là il ne craint plus d'être interrogé ; on ne le connaît pas, mais il espère encore être humilié.

« D'où venez-vous ? lui dit le général.

— De la terre sainte.

— Où allez-vous ?

— A Gênes, m'embarquer pour l'Espagne.

— D'où êtes-vous ?

— De la Biscaye.

— Eh bien ! mon ami, vous serez bien traité ici, car vous êtes mon compatriote. Je suis Biscayen d'origine. »

Et Ignace, en effet, fut bien traité chez les Français; il put s'y reposer, et après quelques jours se rendre à Gênes, où don Rodrigue de Portundo, général des galères d'Espagne, le reconnut et lui procura le passage sur un navire faisant voile pour l'Espagne. Bientôt après ce navire arriva sans accident dans les eaux de Barcelone.

TROISIÈME PARTIE

MAITRE ET ÉCOLIER

Dieu avait révélé à Ignace qu'il était destiné à fonder une compagnie d'apôtres. Mais où recruter ses disciples et dans quel pays se fixer? Il s'était cru d'abord appelé en terre sainte; un ordre formel l'en avait éloigné, et Dieu, qui le comblait de tant de grâces, le laissait dans l'incertitude sur ce seul point.

C'est que le voile d'une vocation semblable ne se déchire pas tout d'un coup; il appartient à l'homme, ou plutôt à l'élu de Dieu, de faire croître en lui la lumière par sa prière et sa patience.

Depuis sa conversion, Ignace avait erré d'un pays à un autre, cherchant sa voie, mendiant son pain; en apparence délaissé par le Dieu qu'il voulait servir; mais en réalité se sanctifiant par ces épreuves afin d'être fait digne de sanctifier un jour les autres. Aussi ignorant de la science humaine qu'il était instruit de la science divine, Ignace sentait qu'il faut l'une et l'autre pour réussir.

A l'âge de trente-trois ans il allait donc se mettre sur les bancs avec des enfants, et apprendre en même temps qu'eux les éléments de la grammaire

latine. Pour tout autre que lui une pareille entreprise eût été impossible; Ignace n'avait que du dégoût
pour l'étude; mais la gloire de Dieu le demande.
Il ne reculera pas.

Dona Inès Pasquale et dona Isabel de Rosello,
qu'il alla voir à Barcelone, lui promirent leur concours
pour la réalisation de son projet. Isabel s'engagea
à lui fournir les livres et l'argent nécessaires; dona
Inès lui offrit une chambre dans sa maison; car
l'hôpital, son logement ordinaire, était trop loin des
classes.

Le professeur Geronimo Ardebalo le reçut gratui-
tement, et notre saint se mit à l'œuvre avec ardeur.

Mais l'ennemi du genre humain ne dormait pas, et
lui préparait de nouveaux pièges.

A peine entrait-il à l'étude, que tout son esprit
s'absorbait, semblait-il, en Dieu; il ne voyait, n'en-
tendait rien de ce que disait le professeur, et ses
efforts pour surmonter cet attrait intérieur étaient
perdus. Son humilité enfin lui inspire un remède.
Il prie son professeur de venir avec lui jusqu'à
l'église, et là, s'agenouillant humblement devant lui :

« Maître, dit-il, je suis coupable, grandement coupable. J'ai été paresseux à l'étude, je n'ai pas mérité
vos soins, pardonnez-moi! Je m'engage aujourd'hui
à travailler sous votre direction deux années entières,
et je vous supplie à l'avenir de me traiter comme un
enfant et de me châtier, au besoin, sévèrement pour
me corriger. »

Trop ému pour répondre, le professeur lui serra
les mains en silence; il n'avait jamais vu d'écolier qui
lui ressemblât. Depuis ce jour Ignace ne trouva
plus d'obstacle pour l'étude, et les ravissements ne
se renouvelèrent pas.

Ignace allait souvent prier dans l'église du monastère des Saints-Anges, situé hors de la ville, monastère tombé malheureusement dans le relâchement de mœurs le plus déplorable.

Une curiosité tout humaine poussa les religieuses à désirer le voir; elles avaient entendu parler de sa noble origine et de ses sacrifices à l'âge où l'homme ordinairement ne pense qu'à ses plaisirs. Ignace en profita pour leur parler énergiquement sur le scandale donné par quelques-unes d'entre elles; et sa parole eut des fruits merveilleux, car la clôture fut rétablie et la réforme la plus complète remplaça les désordres accoutumés.

Mais quelques hommes du monde, ceux-là même qui avaient le plus contribué à introduire ce relâchement, furieux contre le saint réformateur, jurèrent de se venger et de le perdre.

Un jour donc qu'Ignace et son compagnon, don Martino Puyalto, revenaient de ce monastère, ils furent attaqués par deux esclaves nègres qui les assaillirent à coups de bâton. Don Martino en mourut; Ignace, tombé sans connaissance, fut ramené dans cet état par un meunier chez dona Pasquale, mais il était mourant. La ville entière s'émut à cette nouvelle. Enfin, après cinquante-trois jours de maladie, il put reprendre sa vie habituelle, et une de ses premières courses fut encore pour le monastère des Saints-Anges.

« Vous êtes bien imprudent, lui dit Inès; vous vous exposez à une autre attaque.

— Mon plus grand bonheur, lui répondit-il, serait de mourir pour une pareille cause. »

Mais l'auteur même du crime avait été touché de repentir. Un jour, comme il rencontrait Ignace dans la rue, il tomba à ses pieds.

2

« Je me nomme Ribeira, lui dit-il, et ce sont mes
esclaves, par mon ordre, qui vous ont attaqué; pardonnez-moi. La fureur m'aveuglait, je voulais votre
vie, mais votre charité me touche, car vous pouviez
me perdre, et vous ne l'avez pas voulu. »

Depuis longtemps Ignace lui avait pardonné, et il
n'eut pas de peine à le lui persuader.

Déjà il comptait deux années d'étude à Barcelone,
quand son professeur l'engagea à aller apprendre la
philosophie à Alcala; et comme Ignace se préparait
à partir, don Juan Pasquale se jeta à ses pieds, le
suppliant de l'emmener.

« Non, mon cher Juan, lui répondit le saint. Dieu
vous appelle ailleurs. Il vous veut dans le monde
chef de famille; vous souffrirez beaucoup, mais la
gloire de Dieu et votre sanctification, qui en résul-
teront, vous serviront de récompense. »

Et retirant un petit crucifix qu'il portait sur son
cœur, il le lui donna en ajoutant :

« Vous et dona Inès, vous m'avez comblé de bien-
faits, gardez ceci en souvenir de ma reconnaissance.
Je ne possède rien autre chose. »

Après l'avoir baisé, Juan mit le crucifix sur son
cœur et ne s'en sépara qu'à la mort.

D'autres jeunes gens demandèrent à Ignace de
leur permettre de le suivre, mais il n'en accepta que
trois : Calisto, Artiaga et Cazeros, et bientôt Barcelone apprit avec consternation que son apôtre était
parti.

A Alcala Ignace de Loyola prit son logement à
l'hôpital; il en profitait, entre les classes, pour soigner les malades et expliquer le catéchisme aux
enfants. Un jeune page du vice-roi de Navarre,
qu'une blessure retenait à l'hôpital, fut converti par

lui et se déclara son disciple, ainsi qu'un étudiant, don Martino Olave, qui le premier lui avait fait l'aumône à Alcala. Bientôt conquis par l'éloquence d'Ignace, un grand nombre d'écoliers se convertirent et devinrent l'édification de la ville.

Un dignitaire ecclésiastique, dont les désordres étaient connus, affligeait les fervents par sa conduite et scandalisait les faibles.

L'approcher était très difficile; sa haute naissance, sa grande fortune, tout contribuait à ce qu'il fût inabordable.

Rien ne pouvait arrêter Ignace, et n'était-ce pas pour des âmes que Dieu l'avait appelé à Alcala?

Il se présente résolument à la porte de ce personnage, demande à lui parler pour affaires de haute importance et qui l'intéressent, lui, directement. On l'introduit.

« Ce que j'ai à dire à Votre Excellence est du plus haut intérêt pour elle, commença-t-il; et pas un de vos amis les plus dévoués n'oserait vous avertir du danger où vous êtes.

— De quoi s'agit-il donc? parlez.

— Excellence, il s'agit de votre réputation perdue dans Alcala, et de votre âme, perdue pour l'éternité, si vous étiez frappé de mort en cet instant.

— Vous êtes fou, malheureux! Sortez, ou je vous fais jeter à la porte par mes gens.

— Non, vous ne le ferez pas, car vous pâlissez. Votre conscience vous dit que, si je suis venu ici, c'est de la part de Dieu qui vous attend. »

Le coupable, en effet, était pâle et profondément ému. Sa colère s'éteignit subitement, ses larmes coulèrent; il demanda au saint mendiant pardon de l'avoir insulté, lui promit de faire pénitence, et enfin le pria de vouloir bien, ce soir-là même, accepter de souper avec lui. Ignace y consentit afin de pouvoir lui parler plus longtemps. Mais, pour satisfaire ce pécheur repentant, il fallait une autre pénitence. Ses gens l'ont entendu, quand dans son accès de colère il élevait la voix; il ouvre la porte, il les appelle :

« Le mendiant que j'ai la douleur d'avoir si mal reçu n'est autre qu'un saint, auquel je dois le plus grand des services. Qu'on mette son couvert à ma table, il me fait l'honneur de souper avec moi. »

Cette conversion éclatante et si prompte produisit les meilleurs effets, et en entraîna beaucoup d'autres.

Cependant quelques-uns s'étonnaient de voir tant d'influence acquise si rapidement par un inconnu mal vêtu, vivant d'aumônes, et sans autre logement que l'hôpital.

« Ne serait-il pas sorcier? disaient les uns.

— Peut-être bien, répondit-on, sans la magie comment expliquer un tel ascendant sur les âmes?

— Si c'était, reprenaient les autres, un disciple secret de ce Luther, dont les doctrines font tant de mal en Allemagne?

— Ou un de ces illuminés dernièrement échappés aux recherches de l'Inquisition? »

Toutes ces suppositions échauffaient les esprits.

En fait de costume, Ignace et ses disciples avaient adopté une robe grise, semblable à celle des clercs et un chapeau de même couleur. On s'en demandait le motif; on ne comprenait pas non plus qu'Ignace, venu pour étudier, se permît d'enseigner. Ces bruits grossissaient tous les jours, au point qu'un jour don Alonzo Sanchez, chanoine de Saint-Just, lui refusa publiquement la communion, ainsi qu'à ses disciples, en leur disant :

« Il est scandaleux d'abuser ainsi des choses saintes! »

Mais, aussitôt saisi d'un trouble inexprimable, il se hâta de les communier tous les cinq, et son trouble alors fit place à une consolation intime qui se traduisit par des larmes.

Le tribunal de l'Inquisition qui siégeait à Tolède finit par avoir vent de ces suppositions; et l'inquisiteur alarmé envoya secrètement à Alcala un émissaire chargé de se concerter avec le chanoine de Saint-Just, don Miguel, pour prendre ensemble sur Ignace et sur ses disciples les informations nécessaires. L'enquête fut des plus favorables; la doctrine prêchée par Ignace fut reconnue absolument orthodoxe, et le soin de le protéger contre l'ignorance populaire, dans les cas où il aurait à en souffrir fut confié au lieutenant de l'inquisiteur à Alcala, don Juan Rodriguez de Figueroa.

Celui-ci, cependant, par un zèle peut-être plus affecté que réel, manda Ignace, et tout en lui déclarant approuver sa doctrine, lui ordonna ainsi qu'à ses disciples de quitter le costume uniforme qu'ils avaient adopté, et dont la singularité avait déplu. Ignace obéit aussitôt. Calisto et Cazeros durent s'habiller en brun, Jean conserva la couleur grise, Artiaga et Ignace choisirent le noir et tous les cinq prirent la chaussure.

Un gentilhomme espagnol, richement vêtu, attendait un jour Ignace, à son insu, devant la porte de la collégiale de Saint-Just. Ignace enfin parut, tendit la main aux fidèles qui entraient, reçut quelques maravédis et continua sa route en faisant le signe de la croix.

Suivi par le gentilhomme inconnu, il pénétra dans une petite maison de chétive apparence et sans nul doute habitée par des misérables. Après un certain temps il reparut; l'inconnu le laissa s'éloigner, puis à son tour entra dans la maison. Parvenu au dernier étage, il se trouve en présence d'une vieille femme clouée sur son grabat par les infirmités.

« Ma bonne femme, lui dit-il, voudriez-vous me dire le nom de l'homme qui vient de sortir de chez vous.

— Son nom? mais je l'ignore, Senhor. Ce n'est pas un homme, c'est un saint, c'est un ange! Je n'ai jamais su son nom de famille, je sais seulement qu'il s'appelle Inigo.

— Eh bien! lorsqu'il reviendra, ma bonne femme, remettez-lui sur ce papier mon nom et mon adresse, et dites-lui de compter sur moi pour fournir aux besoins de tous ses pauvres. »

Deux jours après, le mendiant revenait chez la pauvre femme.

« Senhor, lui dit-elle, un gentilhomme, qui est venu me voir, m'a remis ce papier pour vous, en vous recommandant de compter sur lui pour vos pauvres. »

Ignace prend le papier et lit :

Don Martino de Saëz d'Azpeitia.

« Chère sœur, dit-il à la malade, la Providence aura soin de vous désormais, car je ne puis plus rien pour vous. »

Celui dont il venait de lire le nom était un de ses proches parents du côté maternel; il respectait le secret d'Ignace, dont il connaissait la sainteté, et il voulait seulement lui donner connaissance de sa présence à Alcala, en cas qu'il eût besoin de ses services. Mais Ignace redoutait trop un rapprochement qui aurait pu réveiller en lui le souvenir de son passé; il **refusa**.

Quelque temps après ces incidents, des alguazils se présentèrent chez Ignace pour s'assurer de sa personne.

« Nous venons, dit leur chef, de la part du lieutenant de l'Inquisition, dont voici l'ordre, et vous allez nous suivre en prison. »

Ignace, sans répondre, se laisse emmener comme un malfaiteur. Sur son chemin, le jeune fils du duc de Gandie, François Borgia, suivi de son escorte, vint à passer. Par respect pour le grand seigneur on s'arrête; et Ignace se découvre respectueusement comme tout le monde; savait-il que cet enfant, devenu homme et vice-roi, n'aurait un jour d'autre volonté que la sienne?

Le bruit de son arrestation s'était promptement répandu dans la ville. Ses disciples, ses amis, accourent en foule pour le voir, pour l'entendre, et s'en retournent pénétrés de respect, d'admiration pour sa patience, pour la joyeuse sérénité avec laquelle il parle de Dieu. Un professeur de l'Université, don Jorge Navera, oublia une fois en l'écoutant l'heure de sa classe. Quand il s'en aperçut, il dit à ses élèves, qu'il se hâta d'aller rejoindre :

« Je suis bien en retard, mais j'ai vu Paul dans les fers. »

Et il leur fit, par son récit, partager son admiration pour Ignace.

Plusieurs personnes de distinction, qui s'intéressaient à Ignace, offrirent de s'employer pour étouffer l'affaire; il refusa leurs bons offices en leur disant :

« Ma cause est celle de Dieu; je l'ai remise entre ses mains. Pardonnez-moi donc de refuser votre assistance. »

A la fin, suivi d'un greffier, le lieutenant de l'Inquisition vint le trouver, et, après différentes questions, lui dit :

« Connaissez-vous deux veuves, la mère et la fille, Maria de Vador et Luisa Velasquez ?

— Oui, Senhor.

— Est-ce vous qui les avez converties ?

— La grâce de Dieu les a touchées pendant l'explication que je donnais des vérités chrétiennes.

— Est-ce vous qui leur avez conseillé de s'habiller en pèlerines et de faire de lointains pèlerinages en demandant l'aumône pour l'expiation de leurs péchés ?

— Non, certainement, Senhor, je m'y suis même formellement opposé quand elles m'ont consulté sur ce projet. Je leur ai dit que les hôpitaux d'Alcala offraient à leur zèle et à leur charité un exercice bien suffisant. J'ai cru les avoir persuadées, mais depuis j'ai appris qu'elles étaient parties sans même prendre l'avis de leur confesseur. »

A cette réponse, le lieutenant de l'Inquisition sourit, et mettant la main sur l'épaule d'Ignace, lui dit :

« Prenez courage alors, car ce départ est la seule cause de votre arrestation ; on vous accusait d'avoir conseillé à ces dames cette folie. Toutefois il serait préférable que vos discours n'eussent pas le cachet de nouveauté qu'on y remarque.

— Senhor, répondit Ignace avec dignité, je ne pouvais penser que parler à des chrétiens de Jésus-Christ pût passer pour une nouveauté. »

Son disciple Calisto, alors à Ségovie, dès qu'il apprit la captivité de son maître, accourut en prendre sa part. Sur ces entrefaites, dona Maria de Vador et sa fille, de retour de leur pèlerinage, confirmèrent

avec empressement les assertions d'Ignace, dont l'innocence fut enfin reconnue, mais on lui imposa pour
conditions ainsi qu'à ses disciples :

1° De porter à l'avenir l'habit commun aux étudiants;

2° De n'enseigner la religion au peuple qu'après
avoir étudié pendant quatre ans la théologie. »

Ignace répondit :

« Lorsque vous nous avez ordonné de ne point
porter tous les cinq la même couleur, nous vous avons
obéi sans hésiter ; aujourd'hui nous ne pouvons
adopter le costume des étudiants, car nous ne possé-
dons rien, et nous sommes bien résolus à ne rien
devoir si ce n'est à la charité publique.

— Qu'à cela ne tienne, lui dit l'inquisiteur, j'y
pourvoirai. »

Il y pourvut en chargeant un gentilhomme chari-
table nommé Luzéna, d'accompagner Ignace dans les
rues d'Alcala, en quêtant de quoi l'habiller.

Jusque-là, si le descendant des Loyola, si le héros
du siège de Pampelune avait mendié, c'était de son
plein gré et pour lui-même. Mais suivre de porte en
porte celui qui voulait bien quêter pour le vêtir, était
une humiliation autrement révoltante pour une nature
fière et ombrageuse comme la sienne. Ignace l'accepta
cependant.

Comme ils passaient devant la cour de Lopez de
Mendoza, ils y virent ce seigneur jouant à la paume
avec quelques amis. Luzéna, s'approchant, lui demande
une aumône pour habiller Ignace. Lopez lui lance un
regard foudroyant, car il n'a pu pardonner à l'apôtre
certains avis trop mérités.

« Vous, gentilhomme, vous quêtez pour cet hypocrite ! dit-il. Que je meure par le feu s'il ne mérite
pas d'y être condamné ! »

Tout Alcala s'émut de cette imprécation, et les amis même de Lopez en furent troublés.

Le soir même de ce jour, un héraut d'armes annonçait dans les rues la naissance d'un infant, Philippe II. Lopez de Mendoza monte sur la plate-forme de sa maison pour y tirer à l'arquebuse en signe de réjouissance. Un vase plein de poudre était là, une étincelle y tombe, l'explosion se produit. Lopez, qui n'était pas seul, sur la plate-forme, est seul atteint. Ses vêtements sont en feu ; il crie, il descend comme un fou, court se jeter dans une citerne, et il expire avant d'avoir pu recevoir les secours de l'Église.

Cependant, gêné à Alcala dans son apostolat, Ignace, après avoir consulté Dieu, se rendit à Valladolid, où se trouvait l'archevêque de Tolède dont il désirait les avis.

L'archevêque de Tolède reçut avec bonté le pèlerin-apôtre, lui fit une large aumône, et l'engagea à aller continuer ses études à Salamanque plutôt que de retourner à Alcala, où ses ennemis le persécuteraient peut-être encore.

A Salamanque Ignace reprit sa vie studieuse tout en prêchant autour de lui, soit en particulier, soit en public, dès qu'il en trouvait l'occasion. La même aversion pour l'étude, qu'il avait ressentie à Alcala, s'empara de lui à Salamanque. Dieu l'appelait ailleurs, il le voyait, mais où l'appelait-il ? En attendant que la lumière d'en haut vînt l'éclairer, Ignace, par sa parole, opérait tant de conversions que l'opinion publique s'en effraya une fois encore.

« Comment, disaient les esprits prévenus, comment un laïque, un mendiant, ose-t-il prêcher et diriger les âmes comme ferait un docteur en théologie ? Que savons-nous si ses **prédications** sont orthodoxes? L'autorité ecclésiastique devrait s'en assurer. »

Le confesseur d'Ignace était dominicain. Un jour il l'invite à dîner au nom du sous-prieur de la communauté, en l'informant qu'on veut l'interroger sur sa doctrine. Le dîner terminé, on conduit Ignace dans la chapelle où se trouvent le lieutenant de l'Inquisition et le sous-prieur, celui-ci remplaçant le prieur absent.

Le religieux, son confesseur, prit alors la parole :

« Ce que nous entendons dire de vos prédications et du succès qu'elles obtiennent nous inspire le désir de vous entendre. Sur quoi parlez-vous ordinairement ?

— Je tâche par mes discours de faire aimer et pratiquer le bien, et de faire éviter le mal.

— De tels sujets exigent la science théologique, reprit le sous-prieur. On ne peut en parler qu'après une longue étude ou par le mouvement de l'inspiration divine. Puisque vous avouez n'avoir pas fait d'études, c'est donc le Saint-Esprit qui vous inspire ? Si cela est, il faut le dire. »

Ignace eut un moment de trouble ; sa nature impétueuse n'était encore qu'imparfaitement domptée. Après un court silence il répondit :

« Mon Père, si vous le permettez, nous en resterons là.

— Il faut nous dire la vérité, reprend le religieux ; faites-nous entendre une de vos exhortations, que nous puissions juger de votre orthodoxie.

— Je n'ajouterai pas un mot, dit Ignace avec dignité, à moins d'en recevoir l'ordre de mes supérieurs, qui seuls ont droit de disposer de moi.

— Comment ! s'écria le sous-prieur, dans un temps où l'hérésie exerce tant de ravages, vous refusez de faire connaître votre doctrine? Si elle est pure, que craignez-vous? »

Ignace continuait à se taire.

« Et l'étrange costume de votre compagnon, comment l'expliquez vous? »

Ceci s'adressait à Calisto, qui avait accompagné Ignace et qui était vêtu d'un jupon court, d'autant plus ridicule, que sa taille était plus élevée. Calisto répondit:

« Mon Père, ce costume est ridicule, il est vrai, la faute en est à un pauvre homme si peu vêtu, que je lui ai donné une partie de mes habits. »

Alors regardant Calisto avec une sorte de mépris, le sous-prieur reprit en parlant à Ignace :

« Puisque vous refusez de nous faire connaître votre doctrine, nous vous y forcerons. »

Ces paroles prononcées, il se retire. On ferme les portes du monastère ; on vient chercher Ignace et le conduire dans une cellule, où il reste trois jours, mangeant avec les religieux, conversant avec eux et attendant que le bon plaisir de Dieu sur sa personne se fît connaître.

Ces trois jours écoulés, Ignace et Calisto sont emmenés par ordre de l'inquisiteur, jetés dans une prison infecte dont les murs suintent de toutes parts, avec des criminels pour compagnons. Enchaînés l'un à l'autre, leurs pieds se touchent tellement qu'ils ne peuvent faire un mouvement sans en souffrir; mais ils passent la nuit en prières, bénissant Dieu. Le lendemain, dès que leur arrestation est connue, on leur apporte des lits, des aliments, tout ce qui peut adoucir leur captivité.

Quatre docteurs en théologie viennent poser à Ignace les questions les plus difficiles sur la très sainte **Trinité**, l'**Eucharistie**, l'**Incarnation**, et, malgré son humilité, ses réponses jettent dans le ravissement ceux qui l'écoutent.

Une difficulté reste encore. Comment un homme qui n'a pas étudié peut-il distinguer clairement le péché véniel du péché mortel?

« Nous ne vous reprochons point d'erreur, lui disaient les examinateurs, mais nous blâmons votre témérité.

— C'est à vous à juger et non à moi, répondit Ignace ; si mes principes sont orthodoxes, approuvez-les ; s'ils sont erronés, condamnez-les. »

Et nul n'osa les condamner.

Par une négligence inexplicable et sans doute permise par la Providence en faveur de l'apôtre, les portes de la prison restèrent ouvertes une nuit entière. Tous les prisonniers s'évadèrent. Ignace et Calisto seuls attendirent. Cette circonstance, qui prouvait bien leur innocence, leur fit donner quelques adoucissements en attendant les formalités à remplir pour que la liberté leur fût rendue.

Tous les deux restèrent enchaînés l'un à l'autre, mais dans une chambre séparée des autres prisonniers, assez spacieuse pour contenir les visiteurs qui accouraient les voir.

« Que cette prison doit vous être pénible, et que cette chaîne doit être lourde? leur disait-on.

— Non, Senhor, répondait Ignace ; il n'y a pas de chaînes si lourdes que je ne porte avec joie pour Jésus-Christ. »

Enfin, le vingt-troisième jour après leur arrestation, Ignace et Calisto, cités à comparaître devant leurs juges, entendirent prononcer la sentence suivante :

« La vie d'Inigo est pure, sa doctrine orthodoxe. Lui et ses disciples peuvent instruire le peuple, à la condition toutefois de s'abstenir quand il s'agira d'expliquer la différence entre le péché mortel et le péché véniel, tant qu'ils n'auront pas étudié la théologie pendant quatre ans. »

Ignace s'inclina et dit à ses juges :

« Je me conformerai à votre décision tout le temps que je passerai sous votre juridiction. »

Cette défense de définir la nature du péché paraissait à son zèle un obstacle insurmontable. Il se prépara à partir, malgré toutes les instances de ses disciples et de ses amis. Il chargea sur un âne ses livres et ses manuscrits et s'achemina vers Barcelone.

La joie y fut vive en le revoyant, mais elle fut de courte durée, car Ignace déclara ne pas vouloir s'y arrêter sinon quelques jours seulement. Tout fut employé pour le retenir, mais en vain, et bientôt après il quittait l'Espagne.

Les amis d'Ignace à Barcelone avaient obtenu de lui qu'il acceptât d'eux, à titre d'aumône, une somme suffisante pour défrayer ses premières dépenses à Paris, où, malgré la paix de Cambrai, les Espagnols étaient généralement vus de mauvais œil. Ignace n'en fit pas moins à pied, par un froid rigoureux et à travers les neiges, la route longue et pénible qui sépare Barcelone de Paris.

Arrivé dans cette ville, il trouva à se loger dans une modeste chambre du quartier latin, déjà en partie occupée par quelques jeunes gens étrangers, qui y vivaient à frais communs et en pleine harmonie.

Un jour, pendant l'absence des autres, Diego, l'un d'eux, fit à la hâte un petit paquet de ses effets et, sortant avec précipitation, disparut. Ses amis, de retour, ne purent que constater avec étonnement son départ.

« Voilà plusieurs jours que Diego ne vient plus au cours, disaient-ils. Son humeur aussi a changé. Il est à craindre que de mauvais conseils ne l'aient perverti.

— Ne jugeons pas, mes bons amis, si nous ne voulons pas être jugés, » reprit un autre.

Les jours passaient et Diego ne revenait pas. Alors celui qui avait demandé qu'on ne jugeât pas l'absent, Ignace, dit à ses compagnons :

« Je suis forcé de vous quitter ; je n'ai plus d'argent et je n'ai pas le temps de mendier.

— Et où donc irez-vous, Senhor ?

— A l'hôpital Saint-Jacques, où je trouverai un asile gratuit.

— Vous renoncez à vos études ?

— Non, certainement, je viendrai tous les jours à Montaigu.

— Mais, Senhor, calculez donc le temps que vous perdrez à parcourir pareille distance. Ne craignez pas de nous gêner et restez avec nous. Nous nous arrangerons en conséquence.

— Non, mes amis, cherchez plutôt quelque Espagnol qui puisse, en partageant vos frais, les alléger ; je vais à l'hôpital. »

Et la fermeté d'Inigo, cette fois encore, l'emporta sur toutes les instances.

Ce qu'il ne disait pas, c'est que Diego s'était enfui avec la bourse que lui, Ignace, avait eu l'imprudence de lui confier.

Ignace supporta cette perte en silence, sans même en dire un mot à dona Inès Pasquale, qui recevait une lettre de lui vers cette époque, lettre qui nous a été conservée. Il allait donc soir et matin de l'hôpital au collège, et du collège à l'hôpital, demandant l'aumône sur sa route et recueillant à peine assez de pain pour se nourrir. Les vacances arrivèrent, et le religieux qui le dirigeait lui conseilla d'en employer le temps à faire un voyage dans les Pays-Bas, où de riches négociants espagnols qui s'y trouvaient pourvoiraient par leur charité à ses besoins de l'année suivante. Les vacances s'ouvrent. Ignace, toujours docile, part pour les Pays-Bas, son bâton à la main, sa besace sur le dos.

Ainsi que le religieux l'avait prévu, les bourses de ces riches négociants s'ouvrirent largement pour le noble pèlerin, dont la plupart le reconnurent; et Ignace, de retour à Paris, pourvu du côté de la vie matérielle, put, sans abandonner ses études, consacrer plus de temps à l'apostolat et au recrutement des disciples qu'il destinait, dans sa pensée, à fonder avec lui l'ordre nouveau dont Dieu lui avait tracé le plan et prédit l'avenir.

Paris était le lieu assigné par la Providence pour la réalisation de cette grande œuvre, et Ignace le savait; mais il lui fallait des disciples, et des disciples de premier ordre dont le mérite pût en attirer d'autres. Choisis par lui dans ce dessein, don Amatore, don Peralto et Juan de Castro firent sous sa direction les exercices spirituels, ensemble de méditations sublimes dont Ignace avait eu la révélation à Manrèze et dont le succès était jusque-là infaillible. La conséquence en fut que les trois étudiants vendirent leurs biens d'un même accord pour les donner aux pauvres, embrassant pour toujours la vie parfaite, et allant à la suite d'Ignace partager comme lui le logement des pèlerins à l'hôpital.

Grande fut la colère des parents et des amis de ces jeunes nobles, quand leur résolution fut connue;

mais ni menaces ni caresses ne purent ébranler leur courage, pas même les faire hésiter un instant.

Un jour à l'hôpital Saint-Jacques, un homme dont la mise élégante annonçait l'origine fit demander Ignace, qui le reconnut aussitôt.

« Juan de Madeva! c'est vous, mon ami, lui dit-il.

— Don Inigo, vous affligez profondément votre famille, répondit celui-ci ; vous la déshonorez par votre vie aventureuse et votre obstination à tendre la main. Que voulez-vous qu'on pense de vos parents ? Ou qu'ils refusent de subvenir à vos dépenses, ou qu'ils n'ont pas le moyen de le faire. Quel blâme pour eux dans les deux cas, et quel affront pour les Onhez de Loyola! D'ailleurs ignorez-vous qu'en mendiant comme vous faites, malgré votre naissance, vous dépouillez les pauvres en proportion que vous recevez?

— Il se peut que vous ayez raison, senhor Juan ; je tâcherai de m'en éclairer et je vous remercie en attendant. »

Le lendemain Ignace fait poser par écrit à la Sorbonne la question suivante :

« Un gentilhomme, qui pour l'amour de Dieu a renoncé au monde et embrassé la pauvreté volontaire, offense-t-il Dieu en vivant d'aumônes dans les divers pays qu'il parcourt? »

Tous les théologiens répondirent par écrit ;

« Il n'y a point de péché, pas même l'ombre de péché. »

Ignace communiqua aussitôt cette décision à Juan de Madeva, qui ne l'inquiéta pas davantage et promit même de taire son nom.

Cependant les amis et parents des trois jeunes

gens, fatigués de voir tous leurs efforts échouer devant leur fermeté, résolurent d'employer un moyen plus violent. Un matin, dès l'aurore, ils sont enlevés par la force de leur domicile, livrés à leurs familles, et interrogés aussi sévèrement que possible sur Ignace, dans l'espoir qu'un motif quelconque d'accusation pourra être tiré de leurs réponses; ce complot fut déjoué par la vénération avec laquelle ils parlèrent de leur maître. Mais l'enfer ne s'en tint pas là, et de nouvelles embûches à la suite de celles-là furent dressées pour faire tomber Ignace de Loyola.

En ces mêmes jours Ignace reçut une lettre du malheureux Diego, le dépositaire infidèle de ses aumônes. Malade et dans une grande détresse, il avouait humblement ses torts, en suppliant son noble ami de lui venir en aide afin qu'il pût retourner en Espagne.

Ignace aussitôt se met en route, à pied, demandant l'aumône comme toujours, et la joie dans le cœur à la pensée du bien qu'il va faire à Diego.

Le soir il s'arrête dans une petite ville, demanda un gîte à l'hôpital; on lui donne une moitié de lit seulement; l'autre était occupée par un mendiant dont la malpropreté est repoussante, mortification que l'ancien courtisan accepte comme une grâce de plus. La seconde nuit, moins méritoire à son gré, fut passée sur une botte de paille. Enfin la troisième nuit, Diego le voyait apparaître près de son lit, l'encourageant, le consolant, et surtout l'assurant du pardon complet de sa faute. Le lendemain il fit la quête pour lui, lui procura le passage gratuit sur un navire marchand et lui donna des lettres de recommandation pour l'Espagne.

Ainsi se vengeait Ignace de Loyola.

Pendant ce temps une plainte en forme avait été portée au tribunal du grand inquisiteur, Matthieu Ori, par ceux qui avaient fait enlever à Ignace les trois disciples dont nous avons parlé. On accusait le saint d'exercer sur la jeunesse des écoles une influence assurément puisée dans la magie. Mais Ignace était introuvable, et son départ précipité prêtait une arme de plus contre lui à ses ennemis.

Un ami cependant, qui avait su d'Ignace le motif de ce brusque départ, lui dépêcha un messager pour l'avertir. Aussitôt, et sans prendre même le temps de revoir Diego, Ignace se met en route, marche sans s'arrêter jusqu'à Paris, et, tout couvert encore de la poussière du chemin, va se présenter devant l'inquisiteur en lui disant :

« Me voici à votre disposition et prêt à tout ce que votre Révérence jugera à propos de me commander. Je lui demande pour insigne grâce de me permettre de suivre la classe de philosophie, qui commencera le jour de Saint-Remy. »

L'innocence d'Ignace et sa sainteté étaient faciles à reconnaître; et le grand inquisiteur ne tarda pas à partager l'estime qu'il inspirait partout. Ses disciples cependant ne lui furent pas rendus, et après leurs études, qu'on surveilla de près, ils furent ramenés en Espagne, où l'un d'eux, Juan de Castro, entra dans l'ordre de saint Bruno. Peralto retourna en Espagne, et on ignore ce que devint don Amatore.

Les vacances approchaient. Ignace, qui cherchait un moyen de se rapprocher des collèges sans augmenter ses dépenses, eut une idée que tout autre aurait repoussée avec indignation si elle lui avait été suggérée.

C'était de solliciter, lui, le grand seigneur, lui, le descendant des Loyola, une place de valet chez un professeur, qu'il aurait servi de son mieux sans autre rétribution que les leçons de ce professeur et la permission de suivre en outre les cours de philosophie. Pour aller jusque-là il fallait une humilité comme la sienne. Mais la place désirée ne se rencontra pas. Cependant de fortes aumônes, qui lui furent envoyées de Barcelone et des Pays-Bas, lui permirent le luxe d'un pauvre logement dans le quartier latin, près du collège Sainte-Barbe. Il avait trente-huit ans et allait commencer sa philosophie.

Au collège Sainte-Barbe les étudiants en philosophie avaient coutume de se réunir les dimanches et jours de fête pour argumenter en présence de plusieurs professeurs, qui en profitaient pour louer leurs progrès et les exciter au travail. Ignace de Loyola ne parut point à ces réunions. Si occupé cependant qu'il fût à étudier, il ne laissait pas de travailler à la sanctification de ses frères quand l'occasion s'en présentait.

Sur ses exhortations plusieurs même de ses condisciples réformèrent leur conduite et s'approchèrent des sacrements. Ce changement ne put échapper au docteur Juan Penha, professeur de philosophie; il en eut bientôt découvert la cause, et d'un ton irrité s'adressant à Ignace :

« J'ai deux reproches à vous faire : le premier est de ne jamais paraître à nos réunions du dimanche; le second est d'en détourner vos condisciples. Mêlez-vous de vos propres affaires, croyez-moi, et ne vous immiscez plus dans celles des autres.

— Si je ne viens pas à vos réunions, maître Penha, c'est pour obéir à l'Église, qui nous ordonne de sanctifier ces jours, et ce motif est le même qui en détourne mes condisciples.

— Ils n'y pensent que depuis vos exhortations, mais tenez-vous pour averti, je vous le dis. »

Cet avertissement trois fois répété n'eut aucun résultat. De plus en plus furieux, le docteur Juan Penha se présenta chez le recteur du collège, don Diego de Govea.

« Si nous ne prenons des mesures énergiques, il faudra renoncer à nos réunions d'étudiants, lui dit-il. La faute en est à ce mendiant inconnu, qu'on dirait payé pour recruter les jeunes gens au profit des couvents.

— C'est lui qui a perdu l'année dernière Peralto et Amatore, s'écria le recteur irrité. J'ai tout fait pour obtenir son arrestation de l'inquisiteur, mais l'hypocrite a su lui persuader qu'il est un saint.

— Voilà plusieurs de mes écoliers, reprit Penha, qui en quelques mois ont disparu du monde pour prendre le froc.

« N'est-il pas indigne d'apporter un pareil trouble dans un collège !

— Eh bien ! maître Penha, vous avez raison, dit le recteur après quelques instants de réflexion, il faut en finir avec ce ridicule personnage. Prenez vos mesures pour le faire passer par la salle demain matin, à son arrivée au collège. »

Les ordres étaient donnés. Au sortir du collège Ignace de Loyola fut rejoint par un des jeunes élèves qu'il avait converti et dont il était tendrement aimé.

« Senhor Inigo, lui dit-il, ne revenez plus à Sainte-Barbe, je vous en conjure ; il se trame contre vous un complot dont j'ai entendu quelques mots, bien suffisants pour m'éclairer. On veut vous faire passer par la salle. Oh ! c'est infâme !

— Qu'est-ce que cela ?

— Voici, Senhor! Celui qui subit ce châtiment est déshonoré à tout jamais!

— Expliquez-vous, Senhor, je vous le demande; en quoi consiste ce châtiment?

— Eh bien! le voici : Quand celui qui doit le subir se présente pour la classe, on ferme toutes les portes, on sonne la cloche, tous les écoliers se rangent autour de la salle; les régents arrivent armés de verges, frappent le coupable, l'un après l'autre, et le malheureux est déclaré infâme, au point que des parents honnêtes ne voudraient jamais permettre à leurs enfants de lui adresser la parole.

— Et pour quel crime suis-je condamné à ce traitement? demanda notre saint.

— Pour le bien que vous nous avez fait, senhor Inigo.

— C'est alors pour la gloire de Dieu. Je réfléchirai à cela, mon ami; je vous remercie de m'en avoir prévenu.

— Ne revenez plus, Senhor, je vous en supplie! Allez continuer votre cours au collège de Beauvais. C'est don Francisco de Xavier qui y professe, et vous n'y perdrez rien, car il a un talent des plus brillants.

— Je vais consulter Dieu, et ce qu'il m'inspirera, je le ferai. »

Le maître et le disciple se séparèrent en se serrant la main.

Le premier mouvement d'Ignace en apprenant cette infamie avait été un mouvement d'indignation. Sa fière et bouillante nature allait se révolter; mais la pensée du motif qui lui valait ce traitement le calma, et il remercia Dieu de l'humiliation qu'on lui préparait, tout en le priant de l'éclairer sur ce qu'il avait à faire. Le lendemain, après avoir généreu-

sement offert son sacrifice, il s'achemine comme de
coutume vers le collège. Au moment d'y entrer, il se
trouble, il pâlit..., il sent qu'il est encore Ignace
de Loyola; mais il regarde en haut; la nature est
vaincue, il va franchir le seuil. Tout à coup la lumière
se fait dans son âme. Dieu se contente de son accep-
tation et ne lui en demande pas davantage; il lui
commande même de parler, car le salut de beaucoup
d'âmes est attaché à sa justification.

Il entre; toutes les portes se ferment derrière lui.
Il ne s'en émeut pas, il demanda à parler au recteur
pour affaire importante.

Le docteur Diego le reçoit; et avec une noble et
modeste assurance Ignace lui dit :

« Maître recteur, vous m'avez préparé un supplice
infâmant en punition de la bénédiction que Dieu a
daigné répandre sur les faibles efforts de son indigne
serviteur. Vous devez comprendre qu'après avoir
été mis aux fers dans la prison de Salamanque et
confondu avec les derniers malfaiteurs pour avoir
commis le même crime qu'à Sainte-Barbe, celui
d'avoir gagné quelques âmes à Dieu, je subirais de
tout mon cœur le châtiment que vous désirez m'infli-
ger, si Dieu en devait retirer plus de gloire. J'ai été
prévenu de ce qui m'attendait ici ce matin, et vous
voyez que je n'ai pas cherché à m'y soustraire,
puisque je suis venu; mais je ne suis pas seul intéressé dans cette affaire, le salut de plusieurs âmes en
dépend; c'est pourquoi j'en appelle à votre jugement,
Señor, et crois devoir vous demander si la justice
chrétienne ordonne de punir comme perturbateur
celui qui n'a commis d'autre crime que de travailler
à faire connaître et aimer notre Maître à tous, le souverain Seigneur Jésus-Christ! Est-il permis de me

faire subir un châtiment ignominieux, dans l'unique but de détacher de moi les âmes que Jésus-Christ m'a attachées par sa grâce? »

Le recteur versait des larmes et ne répondait pas. Après quelques instants, il prend Ignace par la main, le conduit dans la salle où les régents, tenant les verges, l'attendaient ainsi que tous les écoliers.

Au moment de donner le signal, il se met à genoux devant l'apôtre du collège, et, les yeux pleins de larmes, lui dit :

« Pardonnez-moi, Senhor, l'injure que j'ai voulu vous faire et que j'aurais faite à Dieu dans votre personne, je le reconnais à ma honte. »

Et se laissant relever par Ignace que l'émotion empêchait de parler, il dit aux assistants :

« Que désormais l'étudiant Inigo soit respecté de tous à l'égal d'un saint, car, j'ose le dire en sa présence pour que malgré son humilité la réparation soit éclatante : c'est un saint! »

Cette scène fut d'un immense effet dans le collège; le docteur Juan Penha exprima aussi tous ses regrets à Ignace, auquel il s'attacha depuis sincèrement. Il n'était bruit dans l'université que de sa sainteté; et s'il l'avait voulu, le docteur Martial lui eût fait recevoir le grade de docteur en théologie avant la fin de ses études, tant il trouvait sa science plus étendue que celle des autres; mais Ignace n'y consentit pas.

Ignace commençait à bien parler le français, et il s'en réjouissait à cause de la facilité qu'il y trouvait pour ses prédications, jusque-là limitées aux Espagnols seuls et aux Portugais. Si nombreux qu'ils fussent dans les écoles de l'Université, ces derniers ne pouvaient suffire à son zèle de jour en jour plus insatiable.

Se trouvant un jour pour affaire chez un dignitaire
ecclésiastique pour qui les intérêts du siècle passaient
avant ceux de l'éternité, il dut attendre pour lui parler qu'une partie de billard, où était engagé le docteur, fût achevée. Au dernier point le docteur présente une queue à notre saint en lui proposant une
partie.

« J'ignore les règles du jeu, répond Ignace ; et
vous me gagneriez trop aisément, Messire.

— N'importe! essayez, reprit le docteur, que je
puisse dire vous avoir vu jouer au billard. »

Une idée traverse l'esprit de l'apôtre.

« J'accepte, dit-il ; mais trop pauvre pour jouer
dans le seul but de m'amuser, ma personne sera
mon enjeu ; si vous gagnez, je serai à vos ordres pendant un mois ; sinon, vous ferez une chose que je
vous prescrirai et dont vous n'aurez pas lieu de vous
repentir. »

La partie s'engage donc ; contre toute apparence
Ignace est le vainqueur. Le docteur, devenu pensif,
(l'intervention de Dieu avait été si évidente!)
demande quelle condition lui sera imposée. Ignace
lui donne à faire les exercices spirituels pendant un
mois ; il obéit et sort de cette retraite converti pour
toujours.

Ignace avait beaucoup prié, mais jusque-là inutilement, pour un malheureux prêtre dont la vie déré-
glée faisait scandale. Ignace va le trouver, le prie
d'entendre sa confession, et il la fait avec une douleur si sincère, avec des larmes si abondantes, que le
prêtre, déchiré de remords, se sent plus coupable
mille fois que le saint pénitent.

A peine la confession finie, les rôles sont ren-
versés, il ouvre à son tour son âme à Ignace, et le

2*

conjure de lui aider à redevenir ce qu'il doit être.
Ignace lui propose aussitôt de faire les exercices
spirituels, et bientôt la vie exemplaire du prêtre
répare autant qu'il est en lui les scandales du passé.

Les services les plus abjects qu'on rend aux malades dans les hôpitaux ne coûtaient plus à la nature
autrefois si délicate d'Ignace; mais une répulsion
instinctive lui restait pour certaines maladies conta-
gieuses, et il voulait, à tout prix, triompher de cette
répulsion.

Un pauvre mendiant, atteint d'une de ces maladies,
venait d'être porté à l'hôpital Saint-Jacques. Ignace
va le voir aussitôt, nettoie et panse ses plaies en
cherchant à le consoler; tout à coup le frisson de la
peur court dans ses veines : Si je gagnais la maladie!
se dit le héros de Pampelune. Mais il a reconnu la
tentation; le saint l'emportera sur le gentilhomme;
il embrasse le malade, il est vainqueur; cependant
l'ennemi est seulement terrassé.

Ignace veut l'écraser, veut le pulvériser, et tous
les jours il vient à l'hôpital donner de préférence ses
soins aux malades contagieux jusqu'à ce que sa répulsion ait disparu.

L'étude, l'apostolat, les veilles, les oraisons jointes
au service des hôpitaux, auraient suffi à occuper
tout autre qu'Ignace de Loyola. Mais à lui il faut
davantage. Il sait que le moment approche où la
milice apostolique dont Jésus-Christ sera le chef lui
devra ses premiers soldats. La soif de combattre le
dévore; et jusqu'à ce que cette heure bienheureuse
ait sonné, jusqu'à ce que la compagnie de Jésus soit
formée, Ignace ne connaîtra pas le repos.

La chaire de philosophie, au collège de Beauvais
était en ce temps occupée par un jeune gentilhomme

navarrais des plus brillants, comme génie et comme
extérieur. Francisco de Xavier était son nom, et il
sortait d'une des plus grandes familles de Navarre.

Attiré par l'éclat de ce mérite naissant, Ignace
voulut l'entendre, et une lumière surnaturelle lui fit
aussitôt entrevoir tout ce que l'Église pouvait attendre
d'un tel génie s'il se donnait à elle.

Un étudiant de condition bien différente, puisqu'il était le fils d'un pauvre agriculteur, s'était, en
suivant les mêmes classes, lié d'étroite amitié avec le
brillant Navarrais, qui ne pouvait plus se passer de
lui. Ils n'avaient qu'une même chambre, et quoique
l'un d'eux, Pierre Lefèvre, renouvelât sa philosophie
à Sainte-Barbe, tandis que Xavier professait à Beauvais ; leur intimité était complète et aucun nuage ne
l'avait même en passant effleurée.

La confiance de Pierre Lefèvre fut bientôt acquise
à Ignace ; mais François de Xavier lui résistait, et
l'humble apparence de l'apôtre conspirait avec l'orgueil du gentilhomme pour en éloigner celui-ci. Plus
notre saint cherchait à se rapprocher de Xavier,
plus Xavier, révolté de sa persévérance, cherchait
à l'éviter.

Mais Ignace persistait, et ni les railleries ni les
sarcasmes même de don Francisco ne parvenaient
à ébranler sa patience pas plus qu'à le décourager
dans son espoir.

Très affligé de cette antipathie de son ami pour
Ignace, Pierre Lefèvre, qui depuis quelque temps
répétait à ce dernier les leçons de Penha, eut l'heureuse inspiration de le proposer à Francisco comme
troisième dans leur chambre commune. Don Francisco ne savait rien refuser à Pierre ; il accepta,
mais sans accorder autre chose à Ignace que la poli-

tesse strictement nécessaire. A la maxime favorite de l'apôtre : « que sert à l'homme de gagner l'univers s'il vient à perdre son âme? » Xavier ne répondait qu'en haussant les épaules; il ne commença à le respecter qu'en apprenant de Juan de Madeva son nom et les grands sacrifices qu'il avait faits à Dieu; et cependant, longtemps encore après cette découverte, toutes les exhortations d'Ignace trouvèrent le jeune Navarrais insensible.

Décidé à suivre son saint maître en terre sainte, Pierre Lefèvre se rendit en Savoie pour régler ses affaires et dire un dernier adieu à ses proches. Ignace, resté seul avec don Francisco, redoubla ses efforts pour conquérir cette âme, et il y réussit enfin dans le courant de 1533, au delà presque de ses espérances.

Il en avait coûté à Ignace de Loyola trois années de patience et de luttes pour donner à l'Église un saint de plus.

Parmi les étudiants espagnols qui suivaient les mêmes classes, s'en trouvait un, Miguel Navarro, qui était pauvre, et dont Francisco défrayait les besoins et payait les dettes avec une libéralité de grand seigneur. Le changement opéré par Ignace dans les sentiments de son protecteur ne put échapper à Miguel, qui vit avec terreur approcher le moment où Francisco embrasserait, lui aussi, la pauvreté volontaire.

Dans sa haine pour Ignace, dont à tout prix il voulait se débarrasser, le misérable, pendant la nuit, se rend au collège de Sainte-Barbe. Les deux amis d'Ignace étaient absents et Miguel le savait. Au moyen d'une échelle de corde qu'il lance par-dessus le mur de la **chambre d'Ignace, il monte par cette échelle,** un couteau catalan à la main, va briser la fenêtre, quand une voix formidable qui éclate tout à coup dans le silence de la nuit, lui crie :

« Où vas-tu, malheureux? que vas-tu faire? »

Épouvanté, perdant la tête, le coupable ébranle la fenêtre, l'ouvre, s'élance éperdu dans la chambre, et va tomber aux pieds d'Ignace, alors en oraison, qui reçoit l'aveu de son crime et lui pardonne.

Miguel n'avait point de complice et point de confident. L'intervention divine était donc évidente. Il aurait dû s'en souvenir.

Diego Laynez, Alfonso Salemeron, Simon Rodriguez d'Azevada, en Portugal, enfin Nicolas Bobadilla, aussi bien que don Francisco de Xavier et Pierre Lefèvre, s'étaient tous enrôlés séparément sous la bannière d'Ignace, fermement résolus à le suivre en terre sainte ou ailleurs, jusqu'à la mort.

Le 15 août 1534, dans la chapelle souterraine de Montmartre, dédiée à saint Denis et à ses compagnons, chapelle élevée, d'après la croyance populaire, sur le lieu même de leur martyre, la messe fut célébrée par Pierre Lefèvre, le seul des nouveaux apôtres qui fût prêtre. Avant la communion et tenant dans ses mains la sainte Hostie, il se tourna vers ses frères, et tous, l'un après l'autre, prononcèrent leurs vœux de chasteté, de pauvreté volontaire, et d'abandon à la volonté du souverain pontife pour la plus grande gloire de Dieu. Ils s'engagèrent, en outre, à n'accepter aucune dignité ecclésiastique, et à ne recevoir d'honoraires pour aucune des fonctions du saint ministère.

Après une communion si fervente, que Simon Rodriguez en rappelait avec bonheur le souvenir trente ans après, les nouveaux frères, trop heureux

pour se séparer encore, allèrent s'asseoir au bas de
la colline près d'une source limpide qui y coulait ; là
ils firent un léger repas, et s'entendirent pour ce qui
leur restait à faire. Quelques-uns n'avaient pas fini
leurs études ; ils convinrent donc de garder provi-
soirement le secret sur leur association, et il fut décidé
que le 25 janvier 1536 on partirait pour Venise et
pour la Palestine, à moins que les croisières enne-
mies ne rendissent ce voyage impossible. Des jours
furent fixés pour les réunions afin qu'il n'y eût entre
eux qu'un cœur et qu'une âme ; ils devaient s'approcher des sacrements tous les dimanches et renouveler
leurs vœux tous les ans à pareil jour.

Tout étant ainsi convenu, les amis s'embrassèrent
cordialement et se séparèrent.

La Compagnie de Jésus était née.

En cette même année 1534, Henri VIII, roi d'An-
gleterre, faisait publier un édit déclarant coupable
de crime capital et digne de mort, quiconque parmi
ses sujets n'effacerait pas de tout livre ou écrit lui
appartenant le titre de souverain pontife.

Dans le même temps, les émissaires de Calvin
parcouraient toutes les universités de France pour
y insinuer le venin de l'hérésie et pervertir les étudiants. Entre les nouveaux apôtres et les envoyés de
Satan la lutte allait donc s'engager, terrible.

QUATRIÈME PARTIE

FONDATEUR DE LA COMPAGNIE DE JÉSUS

Le grand inquisiteur, à Paris, était le prieur des dominicains Matthieu Ori; deux Espagnols demandèrent un jour à le voir (1535).

« Révérend Père, dit celui des deux qui portait la parole, il se passe parmi les étudiants des choses très graves dont nous avons en conscience cru devoir avertir votre Révérence.

— Qu'est-ce donc?

— Révérend Père, un étudiant en théologie, que vous connaissez bien, a formé une association secrète qui paraît être une religion nouvelle. Qu'elle soit ou non imbue des doctrines de Calvin, nous l'ignorons; mais ce qu'il y a de certain, c'est que les réunions des affiliés sont clandestines et qu'aucun étranger n'y est admis.

— Cette association est-elle nombreuse?

— Ils sont sept, mon révérend Père, en comprenant leur chef, Ignace de Loyola; et celui-ci, pour séduire la jeunesse, se sert d'un petit livre qu'il communique difficilement. Ce livre nous inquiète, car s'il est orthodoxe, pourquoi n'en donne-t-il connaissance qu'aux initiés? s'il ne l'est pas, l'inquisition a pour devoir d'en empêcher la propagation.

— Je tiens la doctrine de don Inigo pour conforme à celle de l'Église, reprit l'inquisiteur en se levant. Quant à l'association et au livre dont vous me parlez, je prendrai des informations. »

Cette réponse ne plut pas à Miguel Navarro, le plus ardent dénonciateur d'Ignace. Un moment abattu par l'événement surnaturel qui l'avait arrêté dans l'accomplissement de son crime, il avait senti renaître toute sa haine en découvrant le lien intime qui se formait entre don Francisco et Ignace. Obtenir du grand inquisiteur l'arrestation de ce dernier avait donc été le but qu'il s'était proposé en allant voir Matthieu Ori; une enquête, au contraire, pouvait n'avoir qu'un résultat tout différent.

Cependant la santé d'Ignace, tant de fois ébranlée par ses austérités, commençait de nouveau à inspirer autour de lui des craintes sérieuses. L'air natal fut le seul remède ordonné par les médecins comme assez efficace pour combattre le mal dont il souffrait. D'autres et puissants intérêts achevèrent de le décider à ce voyage. Xavier, Lainez et Salemeron devaient faire une renonciation légale de leurs biens en Espagne, et les y envoyer eux-mêmes pour accomplir cette formalité, c'était les exposer aux séductions de leurs familles, peu convaincues encore de l'utilité de leur vocation. Celle d'Ignace, au contraire, affermie par une séparation de dix ans, était à l'épreuve de tous les assauts.

Ignace se chargea donc de leur procuration, et il faisait déjà ses préparatifs de départ quand la nouvelle lui parvint des informations que faisait prendre **sur sa doctrine et sur ses actes le grand inquisiteur.**

« Mes amis, dit-il aussitôt à ses disciples, on me dénonce comme hérétique et corrupteur de la jeunesse. Partir sans me laver de cette accusation serait la confirmer, et on dirait que j'ai voulu me soustraire par la fuite à l'examen de ma doctrine; je ferai donc en sorte que tout soit éclairci auparavant. »

Il se rendit donc chez l'inquisiteur; et là, avec la dignité qui ne l'abandonnait jamais :

« J'apprends, lui dit-il, mon révérend Père, que je suis dénoncé près de vous comme hérétique. Me voici prêt à vous répondre et à faire la profession de foi que vous me dicterez. A Alcala et à Salamanque, je me suis laissé accuser, arrêter, enchaîner sans résistance, mais j'étais seul. Aujourd'hui j'ai des associés qui se destinent avec moi aux fonctions apostoliques, et il importe que la réputation des ministres de l'Évangile ne puisse être en aucun cas suspecte d'hérésie.

— Je n'ai fait aucun cas des accusations portées contre vous, lui répondit Matthieu Ori; je sais à quoi m'en tenir sur la pureté de votre foi, et les informations qu'on poursuit n'ont pour but que de confondre vos calomniateurs. Je vous demande seulement de me montrer le petit livre que vous tenez, disent-ils, caché à tout autre que vos disciples.

— Le voilà, mon Père, dit Ignace en lui présentant les *Exercices spirituels;* je serai charmé que votre Révérence veuille bien prendre la peine de l'examiner. »

Quelques jours après, l'inquisiteur priait Ignace de lui permettre de copier son livre.

« Pour mon avancement et pour celui des âmes que je dirige, je m'en servirai, lui dit-il, et c'est pour cela que je vous le demande. »

Mais cette approbation était insuffisante pour Ignace de Loyola; il lui fallait une attestation formelle et d'une authenticité irrécusable dont il pût se servir au besoin.

Accompagné d'un notaire et de trois docteurs de Sorbonne, il se présenta donc de nouveau chez l'inquisiteur en le priant de lui donner par écrit cette attestation, portant que le livre des *Exercices spirituels* était parfaitement orthodoxe, et que sa foi, à lui, Ignace, n'avait rien de répréhensible.

L'inquisiteur fit ce qu'il désirait, et y joignit l'éloge le plus complet de celui qu'il vénérait déjà comme un saint. L'attestation en règle, signée de lui et des docteurs, fut donc remise à Ignace, qui put dès lors faire sans difficulté ses préparatifs de départ pour l'Espagne. A force d'instances, et le voyant affaibli par ses austérités, ses disciples obtinrent cette fois qu'il ne voyageât pas à pied, et il accepta de leur amitié un pauvre cheval vieux et usé, monture qui n'était certes pas incompatible avec son vœu de pauvreté.

Un soir du mois d'avril 1535, le bruit du galop de plusieurs chevaux se fit entendre à l'entrée de la petite ville d'Andoain, en Biscaye. C'était un gentilhomme avec sa suite qui venait demander un gîte dans une hôtellerie qu'il connaissait.

« Votre Excellence est la bienvenue, senhor don Juan d'Équibar. Le maître et la maison sont à votre Excellence. »

Telle fut la formule espagnole dont l'obséquieux hôtelier salua son hôte tout en faisant rafraîchir les chevaux et préparer les aliments.

Don Juan d'Équibar lui demanda avec intérêt :

« Avez-vous vu du monde par ce beau temps?

— Quelques gentilshommes, en passant, qui font
rafraîchir leurs chevaux. Aujourd'hui je n'avais eu
personne encore, si ce n'est un pauvre hère mal
monté, habillé de la plus singulière façon, mais parlant biscayen comme s'il était des nôtres. Malgré
cette apparence misérable, il a un air de grand seigneur qui cache quelque mystère. Il vient de loin et
ne m'a pas dit son nom.

— Vous m'intriguez presque, Antonio. Pourrais-
je le voir?

— Oh! c'est facile. La porte de sa chambre est
entre-bâillée et on peut aisément regarder par la fente.
Il est bon d'être sur ses gardes dans nos montagnes,
où tous les voyageurs ne sont pas sans reproche.

— Voyons, dit don Juan, conduisez-moi, je veux
le voir. »

L'hôtelier obéit. En regardant le voyageur, don
Juan eut peine à contenir une exclamation.

« J'ai reconnu votre hôte, dit-il à Antonio en descendant; c'est un grand seigneur en effet, et un
saint. Respectez son secret, si vous tenez à ne pas
compromettre votre maison. »

L'hôtelier s'inclina.

« Quand il sera parti, pourrai-je parler?

— Oui, mais alors seulement. »

Et don Juan d'Équibar remonta à cheval, laissant
Antonio à ses conjectures.

Deux heures après, à l'entrée du château de
Loyola, le cor sonnait annonçant un visiteur à toute la
famille réunie. Et ce visiteur était don Juan d'Équibar.

« Grande nouvelle, mes amis! réjouissons-nous
ensemble. Je viens de voir don Inigo. »

Personne ne semblait le comprendre; on attendait
l'explication.

« Eh bien! oui, mes amis, oui, je viens de voir tout à l'heure Inigo à Audoain.

— Inigo à Audoain? Est-il possible? »

Tout le monde parlait à la fois; car, grâce à une coïncidence providentielle, les frères du saint et plusieurs autres de ses parents étaient tous réunis ce jour-là au château.

« C'est un vrai saint, je vous l'assure, répétait Juan d'Équibar. Je l'ai vu à genoux, priant comme prient les anges. Un miracle de sa part ne m'étonnerait nullement; mais si pâle! si changé! Quant au costume, c'est toujours la tunique grise et le chapeau gris de Barcelone. »

La joie fut grande dans l'illustre famille! Quelle réception organiser pour l'humble apôtre? et comment l'honorer selon son mérite? C'était la préoccupation de tous.

Mais don Garcia, qui connaissait son frère, crut prudent de modérer ces manifestations, et il fut seulement décidé qu'on donnerait au château un air de fête et que le chapelain irait de sa part souhaiter la bienvenue à Inigo.

« De plus, ajouta don Garcia, de peur qu'il ne prenne le chemin de la montagne, je vais y faire échelonner des hommes qui le défendront en cas d'attaque. Le clergé et les magistrats d'Azpeitia aussi vont être prévenus de l'arrivée de mon frère. Ils feront ce qu'ils voudront. »

Par égard pour l'humilité d'Ignace on s'en tint là.

Le lendemain, au sortir de la messe, Ignace rentrait à l'hôtellerie pour monter à cheval, quand il fut salué par le chapelain de Loyola qui l'attendait.

« Senhor Inigo, lui dit-il, je viens saluer votre

Excellence de la part de ses frères et lui demander l'honneur de l'accompagner.

— Senhor chapelain, je vous remercie et je vous prie de prendre les devants, votre cheval étant meilleur que le mien. Je préfère aller seul par les sentiers de la montagne, que je connais. »

L'aumônier insista, mais Ignace à tout prix voulait éviter les honneurs qu'on lui préparait; Ignace ne céda pas et le quitta.

Dans la montagne il rencontra deux hommes armés et bien montés, qu'il reconnaît. Ce sont les gens de don Garcia.

« Allez devant, leur dit-il, mes amis; je vous remercie, je n'ai rien à craindre des brigands, et je n'ai pas besoin de guide. Allez. »

Mais, en arrivant à Azpeitia, il voit s'avancer processionnellement le clergé, les magistrats, tous les principaux habitants, venus pour le complimenter et lui souhaiter la bienvenue. Parmi eux sont ses frères et ses sœurs, qui le supplient de venir avec eux à Loyola, lui répétant que le château est sa propriété.

« Depuis que j'ai quitté la demeure de mes pères, répond Ignace, je n'en ai plus d'autre que celle des pauvres. Je vais à l'hôpital de la Madeleine. »

Et, résistant à leurs instances, il se rendit en effet dans cet asile de la misère et de la souffrance, laissant sa famille profondément humiliée de le voir confondu avec les malades indigents de la ville et des environs.

Désolé de voir que son frère persistait à refuser son hospitalité, don Garcia voulut au moins qu'il fût mieux couché et mieux nourri que les pauvres avec lesquels il voulait vivre.

Des aliments choisis furent par son ordre portés

à l'hôpital pour Inigo ; un lit moelleux remplaça son pauvre grabat ; mais les plats savoureux firent la joie des malades auxquels Ignace les distribua, et il ne se servit du lit qu'en apparence et seulement assez pour cacher sa mortification. Bientôt on vient informer don Garcia que son frère va mendier dans les rues d'Azpeitia, invitant les enfants à venir entendre ses explications du catéchisme, et leurs parents à assister à ses prédications dans l'église même de l'hôpital. Don Garcia aussitôt court à sa rencontre et le conjure de ne pas déshonorer ainsi sa famille.

« Senhor mon frère, lui répond Ignace, Notre-Seigneur Jésus-Christ nous a lui-même donné l'exemple de la pauvreté volontaire. Je ne crois pas déroger en la pratiquant, permettez donc que je l'honore et la respecte toute ma vie.

— Mais vous voulez aussi prêcher, me dit-on. Songez, cher Inigo, que, vous exposant à la dérision publique par la mendicité, vous n'aurez sur le peuple aucune autorité. D'ailleurs vous n'êtes pas prêtre, et il ne manque pas de prêtres ici pour cet office.

— Senhor mon frère, je vois partout beaucoup d'indifférence et un grand relâchement dans les mœurs, malheur que j'attribue à l'ignorance du peuple ; je suis donc résolu à prêcher partout où je me trouverai, pour la plus grande gloire de Dieu. »

Don Martino Garcia n'insista plus. L'humble fermeté de son frère était trop difficile à vaincre, et il y renonça.

Mais don Garcia s'était trompé. Loin d'être pour le peuple un objet de mépris, la sainteté d'Ignace et la simplicité de ses manières lui gagnaient tous les cœurs et n'inspiraient que de l'admiration.

Dès sa première instruction il y eut foule pour

l'entendre ; Ignace, que touche cet empressement, promène son regard autour de lui, et aperçoit dans l'assemblée quelques-uns des membres de sa famille. Don Garcia en était. L'occasion de s'humilier était trop belle pour qu'Ignace n'en profitât pas.

« Mes bien chers frères, dit le saint apôtre, si je suis revenu dans ce pays que je ne devais plus revoir, c'est surtout parce que le cri de ma conscience m'y a déterminé. Ici où ma jeunesse frivole et dissipée a donné le mauvais exemple, je devais apporter celui du repentir et de la pénitence. Vous tous, je viens vous conjurer, mes compatriotes et mes amis, vous que j'ai scandalisés ou offensés, je viens vous demander pardon et vous supplier de prier pour moi. S'il en est parmi vous que mon exemple ait entraînés, et qui m'aient imité dans mes égarements, je les supplie de revenir à Dieu et de faire pénitence de leurs péchés.

« J'ai encore à m'acquitter d'une dette de justice et à dédommager un innocent de la perte que je lui ai fait subir (et il montrait du doigt un de ses auditeurs qu'il nomma) : c'est à vous que j'ai causé ce préjudice. Avec quelques jeunes gens de mon âge j'avais escaladé le mur d'un jardin et dérobé des fruits ; faute pour laquelle cet honnête homme que vous voyez a dû, quoique innocent, payer une somme considérable et subir la honte d'un emprisonnement. Pour réparer, autant qu'il est en moi, ce mal, je donne à celui qui a souffert par ma faute deux domaines situés dans ces environs et qui sont ma propriété ; je les lui donne, l'un à titre de restitution, l'autre à titre de réparation. Vous les accepterez en souvenir de ma faute (il nomme de nouveau celui auquel il s'adresse), et ce sera prouver ainsi que vous consentez à me pardonner. »

Son auditoire fondait en larmes. Celui qui s'humi-
liait ainsi, c'était bien leur compatriote, Ignace de
Loyola, si fier, si élégant, si recherché et si prodigue !
Il était là, vêtu d'une pauvre tunique grise, avec une
cordelière de même couleur, si pâle, si recueilli, toujours priant, s'humiliant jusqu'à tendre la main,
jusqu'à demander publiquement pardon pour une faute
de jeunesse dont personne n'avait eu connaissance !

Don Garcia, ému comme les autres, commençait à
comprendre qu'une telle humilité mit aux pieds de son
frère tous ceux qui l'écoutaient. C'est ce qui arriva.

De tous les villages, de tous les châteaux, de villes
même éloignées, on accourut pour entendre le saint et
lui parler. Les églises étaient trop petites : on montait
dans les arbres pour l'écouter. Les prêtres ne pouvaient plus suffire aux confessions, car chacun, à
l'exemple d'Ignace, voulait réformer sa conduite,
purifier sa conscience : mais le clergé lui-même avait
grand besoin de réforme. Ignace, qui le savait, ne
recula pas devant l'entreprise : il obtint même le sacrifice bien méritoire pour des Espagnols des jeux de
cartes, véritable passion dans le pays, même chez les
religieux. Les femmes elles-mêmes, touchées jusqu'aux larmes par ses prédications contre le luxe, promirent de renoncer à la vanité de leurs ajustements,
et tinrent parole.

Ignace faisait, nous l'avons dit, le catéchisme aux
enfants d'Azpeitia : mais il en venait d'autres de très
loin, attirés par sa réputation croissante de sainteté.
Parmi ses petits auditeurs, l'un d'eux, Martino d'Alar-
zia, se faisait remarquer par sa laideur, la difformité
de sa taille et un bégaiement des plus prononcés. Un
jour qu'il était interrogé par l'apôtre, Martino, interdit,
provoqua le rire de l'assemblée par ses réponses.

« Vous vous moquez de cet enfant ? dit Ignace aux rieurs, vous avez tort. S'il est par ses infirmités ridicules à vos yeux, aux yeux de Dieu son âme est belle ; il sera prêtre et rendra à l'Église de grands services dans son pays. »

Et la prédiction d'Ignace s'accomplit à la lettre.

A l'hôpital de la Madeleine, un homme appelé Bastido était sujet à des attaques d'épilepsie.

Un jour, comme il tombait devant Ignace, le saint, ému de compassion, met la main sur son front en priant Dieu de le guérir. Au contact de cette main, le malade est calmé : la crise s'apaise, il est guéri. Une femme témoin de ce prodige dit à une autre personne :

« Puisqu'il fait les miracles si facilement, je n'ose lui demander de guérir mon bras ; mais le bon Dieu pourrait bien le lui faire guérir sans qu'il s'en doute. Je vais demander le linge qu'il vient de retirer à ce malade. »

Elle désignait un pauvre ulcéré dont le saint venait de panser les plaies. Elle prend ce linge, le lave avec le seul bras qu'elle ait de libre, après l'avoir passé sur celui qui n'a plus de vie. Dieu bénit la simplicité de sa foi, en manifestant d'une manière éclatante la sainteté d'Ignace. Pendant que cette femme lave le linge, horrible à voir, mais bien précieux pour elle, son bras mort se porte de lui-même à l'aide de l'autre, doué d'une vigueur qu'il conserva toujours depuis.

Tant de fatigues avaient de nouveau ébranlé la santé à peine rétablie d'Ignace. Vainement ses proches, qui désormais l'admiraient sans réserve, redoublèrent-ils d'efforts pour le faire consentir à se laisser porter à Loyola, où ils l'auraient soigné eux-mêmes avec bonheur. Ignace fut inflexible. Tout ce qu'il leur permit fut de venir à l'hôpital, où ils se relevaient pour le gêner le moins possible, tout en ne le perdant pas de vue. Une nuit, ses deux cousines germaines, qui le veillaient, le laissèrent seul à sa prière, et passèrent dans la chambre contiguë à la sienne. Avant de s'éloigner, l'une d'elles posa une lumière sur un meuble à quelques pas de lui.

« Je vous remercie, senhora Maria, lui dit Ignace ; mais je préfère ne pas avoir de lumière, et vous prie de l'éteindre.

— Mais si vous en aviez besoin, cher cousin ?

— Si j'en avais besoin, Dieu Notre-Seigneur ne m'en laisserait pas manquer. »

Dona Maria obéit, éteignit la lumière et se retira avec sa sœur.

Deux heures après, croyant l'entendre se plaindre, elles accourent dans sa chambre et s'arrêtent sur le seuil stupéfaites. Environné d'une lumière surnaturelle, Ignace priait, et l'expression de ses traits était céleste.

Il conjura ses parents de ne pas révéler cette faveur ; mais c'était trop demander à leur discrétion, et Dieu voulait que l'illustre famille de Loyola comprît, à n'en pouvoir douter, quelle gloire c'était pour elle de compter parmi ses membres ce noble mendiant, dont si longtemps elle avait eu honte.

Notre saint était rétabli ; son départ pour l'Italie approchait, et il n'avait pas mis le pied au château de ses pères ; ses frères n'osaient plus le lui demander, mais c'était pour eux tous une peine profonde.

« Eh bien ! dit la châtelaine, j'irai seule trouver mon beau-frère Inigo, je me jetterai à ses pieds et ne me relèverai qu'après en avoir obtenu cette grâce.

— Dieu veuille, chère Senhora, que vous réussissiez cette fois ! » dit avec tristesse don Garcia.

Mais les instances de sa belle-sœur échouèrent comme toutes les autres devant la fermeté d'Ignace.

« Rentrer dans la demeure de mes pères, chère sœur, lui répondit-il, ce serait rentrer dans un monde que j'ai quitté pour toujours ; je ne le ferai pas. »

Tombant alors à ses genoux et les yeux pleins de larmes :

« Mon frère, ce n'est plus par des motifs humains que je vous en supplie, mais par la charité de Notre-Seigneur, par sa Passion...

— Oui, chère sœur, pour la Passion de Notre-Seigneur je le veux bien ; j'irai ce soir. »

Et le soir, selon sa promesse, il monta au château de Loyola, vit toute sa famille réunie, lui donna ses avis, puis il dit à ses frères :

« Toutes nos actions doivent avoir pour mobile la gloire de Dieu ; pour que ma visite aujourd'hui atteigne ce but, je vais vous demander une grâce que vous ne me refuserez pas. »

Un même élan d'assentiment fut la réponse.

« Je vous demande de faire distribuer chaque dimanche douze pains à autant de pauvres, en l'honneur des douze apôtres.

— Ce sera fait, mon frère, dit don Garcia, à partir de dimanche prochain. »

Ignace passa la nuit à Loyola, mais ne se coucha point ; il eût été trop bien, et ce qu'il avait quitté pour toujours il ne voulait pas le reprendre. Le lendemain avant le jour il était de retour à l'hôpital.

Cependant le bruit de son prochain départ s'était répandu dans le peuple ; de tous côtés on vint le supplier d'y renoncer et de rester dans son propre pays, où déjà il avait fait un si grand bien. Ni larmes ni supplications ne purent fléchir Ignace.

« Non, Dieu m'appelle ailleurs, répondait-il. Du reste, en aucun cas je ne me fixerai à Azpeitia. J'ai renoncé au monde et à tout ce qui est du monde ; et ici, entouré de ma famille, j'y serai presque. »

Il en coûtait beaucoup à don Garcia de voir un Loyola partir à pied, en indigent. Il le supplia donc d'accepter un cheval, et de permettre à ses frères de l'accompagner jusqu'à Pampelune.

« Je le veux bien, senhor mon frère, » répondit humblement le saint.

Mais, à Pampelune, après leur avoir dit adieu, il vendit le cheval que don Garcia lui avait donné. De là, il alla régler les affaires de François Xavier, à Obanos ; celle de Diego Laynez, à Almazan ; et enfin celles de Salmeron, à Tolède.

Un des anciens disciples d'Ignace, Juan de Castro, était au noviciat des Chartreux de Valla-Christi. Ignace s'arrêta pour le voir et lui communiqua ses plans, en le priant de consulter Dieu dans l'oraison pour savoir si ces plans étaient vraiment de lui.

Juan de Castro le lui promit, et, en sortant de sa cellule le lendemain, il courut embrasser Ignace, et il lui dit avec effusion :

« Votre sainte entreprise est l'œuvre de Dieu ; toutes les oppositions humaines ne pourront prévaloir contre elle, et l'univers entier y gagnera. Si vous voulez de moi pour y coopérer, je suis tout prêt à quitter la Chartreuse pour vous suivre. Je ne suis que novice encore dans l'ordre de Saint-Bruno ; je puis donc être votre disciple.

— Non, mon cher Juan, lui répondit Ignace. Je crois à vos encouragements, et je vous en remercie. Mais je dois refuser votre proposition. Dieu, qui vous veut dans la solitude, m'éclaire pour vous après vous avoir éclairé pour moi. Suivons donc séparément notre vocation ; pour être différentes, elles n'en sont pas moins saintes l'une et l'autre. »

Les deux amis se séparèrent, et le même jour Ignace se dirigea sur Valence. Il s'y embarqua sans retard, malgré les dangers de la navigation ; car c'était le moment où plus de cent galères, sous les ordres de Barberousse, infestaient la Méditerranée et dévastaient les côtes.

A peine délivré d'une tempête qui avait failli submerger son navire, Ignace, en débarquant à Gênes, prit la route de Bologne à pied et mendiant comme toujours.

Un chemin escarpé, qu'il prit par mégarde dans la montagne, le conduisit au bord d'un gouffre où mugissait un torrent impétueux. Le seul parti à prendre était de redescendre par où il venait de monter, et pour cela il fallait s'appuyer sur les aspérités du roc, mettre ses vêtements en lambeaux, se déchirer les mains aux arbrisseaux auxquels il s'accrochait et qui longeaient le précipice.

Enfin il se retrouve au bas de la montagne, remerciant Dieu qui l'a sauvé.

Plus loin, un peu avant d'arriver à Bologne, une planche jetée en travers d'un ravin rempli de boue servait de pont aux voyageurs. En passant sur cette planche il glisse, il tombe dans le ravin.

Quand, tout couvert de boue et le visage livide, il en sortit, les huées du peuple le poursuivirent jusqu'à Bologne ; et, quoiqu'il fût à jeun, personne ne se rencontra parmi les assistants pour lui faire l'aumône d'un morceau de pain.

Et ce mendiant était Ignace de Loyola !

Épuisé de fatigue et trempé jusqu'aux os, il eut à

peine la force de se traîner jusqu'à la porte d'un
Espagnol qui faisait ses études dans l'université de
Bologne. Cet étudiant ne le reconnut pas; mais la
langue que parlait ce mendiant était sa langue natio-
nale, c'en fut assez pour lui faire secourir Ignace.
Il était temps, le saint ne pouvait faire un pas de plus.

Cependant, à Paris, Pierre Lefèvre, en attendant la
fin des études théologiques de ses frères, s'exerçait
dans les travaux apostoliques avec un succès qui
allait croissant.

Tout était mis en œuvre pour le retenir à Paris;
mais sa résolution de suivre Ignace ne variait pas.
Trois hommes d'élite, tous les trois docteurs en théologie, avaient grossi la petite troupe et prononcé
leurs vœux à Montmartre, dans la chapelle souterraine des Saints-Martyrs, le jour où les autres disciples du saint renouvelaient les leurs.

Ces heureuses nouvelles et les soins assidus de son
hôte, auquel il avait dû se faire connaître, achevèrent promptement de rétablir Ignace, qui put
bientôt reprendre son bâton de pèlerin et se diriger
sur Venise. C'était la dernière fois, selon toute apparence, qu'il pourrait voyager en pèlerin; il voulut
donc cette fois le faire pieds nus.

Deux Espagnols, deux frères, nouvellement arrivés
de la terre sainte, se promenaient dans les rues de
Venise, quand un pèlerin dont le costume annonce
le dénuement passe devant eux. Diego, l'un d'eux,
laisse échapper un cri de joie.

« Esteban, voyez donc ! dit-il à son frère; regar-
dez bien ce pèlerin : c'est le saint d'Alcala !

— Oui, c'est bien lui ! s'écrie don Esteban. C'est Inigo ! »

Et ils coururent, sans souci du respect humain, se
jeter dans les bras du noble mendiant.

La joie fut grande pour celui-ci de revoir deux amis auxquels, à Alcala, il avait dû de pouvoir soulager tant de pauvres.

Les deux frères se sentaient appelés à servir Dieu dans la vie religieuse ; mais quel ordre choisir ? Ignace leur apparut comme un ange conducteur, qui dissiperait toutes leurs incertitudes. Ils firent donc sous sa direction les exercices spirituels et en sortirent déterminés à s'associer à ses travaux, dès que la Compagnie dont il devait être le chef serait définitivement constituée en ordre religieux.

Le recrutement de cette troupe d'élite se faisait donc peu à peu, sous l'œil de Dieu ; et les aumônes qu'on lui envoyait de Barcelone permettaient à Ignace de poursuivre ses études sans abandonner les bonnes œuvres.

Plusieurs nobles Vénitiens témoignèrent le désir ou de réformer leur conduite ou de quitter le monde, et les prédications d'Ignace avaient le même succès à Venise qu'à Azpeitia. Toujours acharnée à le perdre, la calomnie essaya sourdement de renouveler contre lui l'accusation de sortilège et de magie ; mais ces odieuses machinations ne réussirent qu'à lui faire obtenir du nonce lui-même une déclaration d'orthodoxie, qui compléta celle du grand inquisiteur de Paris, Matthieu Ori.

Cependant, à l'époque fixée, les disciples d'Ignace s'étaient mis en chemin pour le rejoindre ; mais la guerre entre Charles-Quint et François Ier rendait le passage des frontières presque impossible. Pour éviter d'être arrêtés, ils furent donc obligés d'aller en Italie par l'Allemagne et par la Suisse. A Meaux, où il était arrivé un des premiers, Simon Rodriguez tombe malade. Ses frères, qui refusent de partir sans

lui, demandent sa guérison, et ils l'obtiennent. La
petite caravane au complet se met en marche, à
pied, un bâton à la main, une petite valise sur le
dos contenant livres et manuscrits, avec le chapelet
au cou tombant sur la poitrine, pour témoigner de
l'orthodoxie de leur foi. Ils marchaient trois par trois,
un prêtre et deux laïques, psalmodiant leur bré-
viaire, méditant et priant. Chaque jour les prêtres
offraient le saint sacrifice, et les laïques y commu-
niaient. Ils étaient neuf.

Comme ils marchaient ainsi, deux cavaliers, lancés
à toute bride, les rejoignirent. C'était un ami de
Simon Rodriguez avec son frère Diego, qui, avertis
de son départ et de ses intentions, s'étaient précipités
sur ses traces pour tâcher de le dissuader.

Mais Simon Rodriguez les laissa parler sans les
interrompre, et quand ils eurent fini :

« Dieu m'appelle, leur dit-il, et nulle puissance
humaine ne peut m'empêcher de me rendre à sa voix.
Ce n'est pas à Ignace de Loyola que j'obéis en
m'éloignant de vous, c'est à Dieu ; et il me serait
plus aisé, croyez-le bien, de vous attirer dans ma
voie qu'à vous de me ramener dans la vôtre. »

Cette fermeté ayant fait perdre tout espoir à son
frère et à son ami, ils se quittèrent, eux pour retourner à Paris, Simon pour continuer sa route vers la
Lorraine.

Un peu plus loin, ce fut François Xavier qui
déclara à ses amis ne pouvoir faire un pas de plus.
Dans son ardent désir d'expier ses vanités passées, il
s'était entouré les jambes d'une corde si étroitement
serrée, qu'il en était résulté une forte enflure. Satisfait de souffrir, il avait continué sa marche sans cal-
culer à quels dangers il s'exposait ; bientôt les progrès

de l'inflammation et une fièvre dévorante obligèrent
ses amis à faire venir un chirurgien pour voir la
plaie. Mais le cordon avait pénétré dans les chairs,
le retirer était devenu impossible, et le chirurgien
déclara que Dieu seul pouvait le guérir.

L'affliction était grande parmi les pèlerins.

« Mes bons frères, dit François, le docteur a
raison ; Dieu peut me guérir, et puisque vous ne
voulez pas me laisser ici, demandons-lui ma guérison
comme une preuve de plus de sa bénédiction sur
notre association.

— Oui, oui, demandons-lui cette grâce ! »
s'écrièrent-ils tout d'une voix.

On se mit en prière. La nuit du malade fut meilleure ; à son réveil, le lendemain, les liens de ses
jambes étaient tombés par petits fragments, et l'enflure avait disparu ; il ne restait plus la moindre
trace de l'héroïque mortification du jeune saint.

Encouragés par ce nouveau témoignage de la pro-
tection divine, les pèlerins reprirent leur marche
avec plus d'ardeur que jamais. Arrivés aux frontières
d'Allemagne, un poste de soldats les arrête.

« Où allez-vous ? leur demande-t-on.

— Vous le voyez bien ! dit un paysan qui les
regardait, ils vont convertir quelque pays.

— Passez ! »

Et ils passèrent sans autre difficulté. Ce paysan,
prophète sans le savoir, n'était-il pas l'instrument de
la Providence pour faciliter à ses apôtres ce dangereux passage ? car ils étaient presque tous Espagnols,
et en convenir pouvait avoir de graves inconvénients.

En traversant es villes où dominait l'hérésie de
Luther, nos voyageurs étaient assaillis par les pro-
pagateurs de la doctrine nouvelle. Le chapelet qu'ils

portaient à leur cou était un défi que relevaient avec
violence les hérétiques. Mais la réponse était facile
aux disciples d'Ignace, et la lutte pour eux se chan-
geait toujours en victoire.

A peu de distance de Constance, comme ils entraient dans l'hôtellerie d'un bourg entièrement luthérien, ils se virent aborder par le ministre, suivi de la
plupart des habitants. Ce ministre, un prêtre apostat,
leur propose une conférence, espérant à lui seul
vaincre ses neuf adversaires; il avait amené ces habitants pour en faire les témoins de sa victoire.

« Nous ne pouvons vous répondre tous à la fois,
lui répondit Diego Laynez; je commencerai, et quand
vous m'aurez réduit au silence, mes frères me rem-
placeront. »

La discussion s'engage; à bout de raisonnements,
le luthérien passe aux injures.

« Les injures n'ont jamais convaincu personne,
lui dit Laynez.

— J'en conviens, répond l'hérétique; mais je suis
fatigué. Soupons ensemble; nous reprendrons la
controverse après.

— Très volontiers pour ce qui est de la controverse, lui dit Laynez; mais nous ne pouvons souper
avec vous. »

L'hérétique se fit servir seul; il mangea copieuse-
ment et but avec excès.

« Pasteur, lui dit un de ses dévots scandalisé, vous
buvez trop, prenez garde!

— Il faut bien se monter un peu, répondit-il, pour
tenir tête à cet enragé papiste, sans parler des autres. »

Les pèlerins de leur côté faisaient le plus frugal
repas, en attendant qu'il plût au luthérien de recom-
mencer.

La discussion fut donc reprise, et le ministre, moins que jamais en état de la soutenir, s'avoua vaincu.

« Puisqu'il en est ainsi, lui dit un des disciples d'Ignace, renoncez à l'erreur et rentrez dans le sein de l'Église. »

A ces paroles si simples et si justes, la fureur du ministre éclate. Il entasse invectives sur invectives, et comme argument décisif les menace de la prison pour le lendemain.

Il n'y avait plus un seul catholique dans la petite ville, et les pèlerins y couraient les plus grands dangers. Partir pendant la nuit était le seul moyen de s'y soustraire; mais pour les disciples d'Ignace c'eût été abandonner la défense de la foi. Se confiant à la Providence, ils attendront son bon plaisir.

Le lendemain un jeune homme les demande; mais il parle allemand, langue que les pèlerins ne connaissent point. Il leur fait signe de le suivre, les fait sortir du bourg par des sentiers à travers champs, et les met enfin sur la route de Constance, où il les quitte, en leur témoignant le plus vif intérêt.

Les disciples d'Ignace se disaient :

« Si ce n'est pas un ange revêtu de la forme humaine, c'est tout au moins un instrument providentiel; nous lui devons la liberté, sinon la vie. »

La joie fut grande de part et d'autre quand les disciples d'Ignace se retrouvèrent à Venise avec lui. En attendant qu'il fût possible d'aller à Rome, le service des malades à l'hôpital et la prédication les occupèrent.

Enfin, au nombre de neuf, ils purent partir pour Rome, à pied selon leur habitude, et demandant l'aumône. Paul III, alors pontife, les reçut avec bienveillance, admira leur talent et les bénit avec une affection paternelle. Mais il les dissuada du voyage en terre sainte, la guerre entre Venise et la Turquie rendant pour le moment la navigation impossible.

De retour à Venise, ceux parmi eux qui n'étaient pas encore prêtres se préparèrent à recevoir les saints ordres. Puis ils se partagèrent pour exercer leur ministère séparément et avec plus de fruit. Ignace, Lefèvre et Laynez allèrent à Vicence, Xavier et Salmeron à Monselice, Rodriguez et Lejay à Bassano, Codure et Hozez à Trévise, Brouët et Bobadilla à Vérone. Une retraite de quarante jours devait les préparer à l'exercice des fonctions sacerdotales.

Près de Vicence, un monastère en ruines, appelé San-Pietro in Vanello, appartenait aux frères de Santa-Maria delle Grazie. A la prière d'Ignace, ils lui permirent d'y habiter avec ses deux disciples.

Les portes et les fenêtres en avaient été détruites pendant la guerre; ce n'était plus même un abri contre le froid ni contre la chaleur. Un peu de paille sur le sol, une pierre comme siège et une planche pour écrire, suffirent comme ameublement à Ignace, et ses disciples l'imitèrent, chacun dans la partie des ruines qu'il habitait. Ils allaient tous les jours mendier le nécessaire, et revenaient souvent sans avoir de quoi apaiser leur faim.

Leur retraite achevée, ils sortirent pour aller prêcher. Ignace savait mal l'italien; mais Dieu était avec lui, c'était assez.

Il montait sur un banc de pierre, agitant son chapeau pour appeler le peuple, et les conversions se multipliaient. Les aumônes affluaient à San-Pietro in Vanello, et les nouveaux apôtres se trouvaient **presque trop bien nourris quand un peu de beurre** ou d'huile, quelques légumes, venaient s'ajouter aux restes de pain dur, sinon moisi, qu'il leur fallait, pour le rendre mangeable, laisser tremper dans l'eau bouillante.

Tant de privations et tant de fatigues avaient cependant gravement altéré leur santé. Laynez fut transporté malade à l'hôpital. Ignace l'y suivit de près, atteint de la fièvre. Ce fut le tour de Rodriguez ensuite.

Près de la ville de Bassano, sur une petite montagne fertile et boisée, une église, dédiée à saint Vit, attirait tous les ans de nombreux pèlerins. Non loin de là vivait un solitaire, appelé le Père Antonio. Beaucoup allaient le consulter, lui porter des aumônes ou lui demander sa bénédiction; mais ceux qui, tentés par son genre de vie, avaient entrepris de l'imiter, n'avaient pas tardé à y renoncer. Simon Rodriguez et Claude Lejay étaient allés le voir, et avaient accepté un asile dans son ermitage. Ce fut là que Simon tomba malade.

En l'apprenant, et quoiqu'il fût malade lui-même, Ignace aussitôt se mit en route pour Bassano, accompagné de Pierre Lefèvre, et même il allait si vite, que Pierre Lefèvre s'efforçait vainement de le suivre. Ignace s'arrêtait alors pour l'attendre, priait, et dès que Pierre l'avait rejoint repartait de nouveau sans pouvoir modérer sa course.

Mais à une de ces haltes, comme il se relevait joyeux :

« Pierre, dit-il au Père Lefèvre, notre Simon ne mourra pas ! »

A Saint-Vit, ils trouvèrent le malade couché sur une planche.

« Vous guérirez, Simon, lui dit Ignace en l'embras-

sant; mais il faut que vous soyez mieux couché, je le
veux. »

Et il lui fit venir de la ville un lit moins dur. Simon
se trouva bientôt mieux et put aller à Bassano rejoindre Ignace, le Père Lefèvre et Claude Lejay.

La retraite absolue où vivait le Père Antonio avait
laissé dans l'esprit de Simon Rodriguez une impres-
sion profonde. Il s'était demandé si les travaux apostoliques où l'entraînait Ignace convenaient bien à
sa nature, et si ce n'était pas négliger son âme que de
s'occuper à ce point de celle des autres.

Obsédé par cette tentation qu'il cachait à Ignace,
un jour il sort furtivement de la ville pour aller consulter l'ermite. Un homme au regard foudroyant, une
épée à la main, l'arrête ; Simon se trouble, puis, s'in-
dignant de sa lâcheté, veut passer outre. L'homme le
menace, va le frapper. Épouvanté, Simon retourne
presque en courant à l'hôtellerie, où Ignace, qui allait
à sa rencontre, lui dit :

« Simon, pourquoi as-tu douté ? »

Simon à ces paroles comprit qu'il savait tout, et
depuis lors suivit, sans jamais hésiter, sa direction.

Bientôt après les Pères, compagnons et disciples
d'Ignace, réunis par son ordre à San-Pietro in Vanello, reconnurent d'un commun accord que les
obstacles à leur voyage en Palestine étaient insurmontables.

Un poste différent fut assigné à chacun de leurs
groupes, et leur association reçut définitivement
d'Ignace le nom prédestiné de Compagnie de Jésus.

Pendant que ses autres disciples se dispersaient
dans les principales villes de l'Italie, Ignace, accompagné des Pères Lefèvre et Laynez, se rendit à Rome.

La chaire de scholastique fut confiée au Père Laynez, et celle d'Écriture sainte au Père Lefèvre.

Dieu bénit la parole des uns et des autres, et comme à Venise, comme partout, les conversions se multipliaient.

Le Père d'Hozez, à Padoue, venait de commenter ce texte de l'Évangile : « Veillez et priez, car vous ne savez ni le jour ni l'heure, » quand un violent accès de fièvre le saisit et mit en peu de temps sa vie en danger.

Bientôt après, sa mort éclaircissait les rangs de la petite compagnie ; mais Dieu permit à son serviteur Ignace d'en combler aussitôt le vide, par la conquête qu'il fit de Francisco Strada, jeune Espagnol qui allait à Naples embrasser la carrière militaire plutôt par nécessité que par vocation.

Dégoûté de ce monde, où il n'avait rencontré que des déceptions, il se laissa aisément persuader de faire les exercices spirituels, et il en sortit, comme il arrivait si souvent, disciple d'Ignace.

Ignace crut enfin le moment arrivé pour dresser définitivement les constitutions de la compagnie et en demander au saint-père la promulgation.

Dans ce dessein il appela donc autour de lui tous ses disciples et leur soumit ses propositions, ne voulant, par humilité, rien décider sans leur aveu.

A leurs vœux déjà cités, il fit ajouter pour les profès celui d'aller où il plairait au souverain pontife de les envoyer, sans autre provision que la charité publique. Enfin, toute propriété fut interdite soit en commun, soit en particulier, à l'exception seule des collèges, qui pourraient avoir des revenus suffisants pour l'entretien de ceux qui seraient aux études.

Telles furent les bases des constitutions.

Mais pendant que s'achevait dans le silence et sous l'œil de Dieu cette œuvre de miséricorde et d'amour, l'enfer ne restait pas inactif. L'orage grondait.

Il n'était bruit alors dans Rome que de l'éloquence d'un moine de Piémont, appelé frère Augustin. Luthérien déguisé sous le froc, il profita de l'absence du souverain pontife pour parler en public contre les indulgences. On en prévint Ignace, qui vint l'entendre ; dès que ses doutes eurent fait place à la certitude, il alla trouver Augustin et l'avertit du danger qu'il courait en attaquant aussi témérairement la doctrine de l'Église.

L'hérétique démasqué s'emporta contre Ignace, le taxa d'orgueilleux, et résolut de prévenir ses dénonciations en le dénonçant le premier.

Un jour donc qu'il était en chaire, il déchaîna tout à coup sa rage contre les loups déguisés en brebis qu'il découvrait dans l'auditoire, osant même appeler l'indignation du peuple sur Ignace, qu'il déclara avoir subi diverses condamnations pour mauvaise vie et fausse doctrine à Alcala, à Paris et à Venise. Ignace s'était échappé, disait-il, de cette dernière ville pour se soustraire au châtiment qui le menaçait.

Le lendemain tout Rome, instruit de la violente sortie du moine, n'osait plus approcher même des disciples d'Ignace, qu'on se montrait du doigt en les fuyant.

Qu'y avait-il d'étonnant à cela ? Miguel Navarro était à Rome.

Après l'événement miraculeux qui l'avait un moment terrassé, ce misérable, dans un accès de repentir, avait prié Ignace de le recevoir parmi ses disciples. Bientôt rebuté par la perfection de la règle imposée, il s'était retiré de la compagnie pour retom-

ber dans ses funestes habitudes. De nouveau à
Venise il avait sollicité de le reprendre ; cette fois, un
refus absolu fut la réponse. Dans l'esprit du haineux
Navarro la perte d'Ignace fut dès lors résolue.

Après l'avoir inutilement dénoncé à Venise, il vint
à Rome, et là il rencontra trois Espagnols, tous les
trois ennemis d'Ignace et tous les trois en relation
avec frère Augustin, Pedro de Castillo, Francisco
Mudarra et Raimond Barrera.

Avec le concours de la fougueuse parole du moine,
il n'en fallait pas tant pour répandre dans toute la
ville et de là dans toute l'Italie les plus noires calomnies.

Quel triomphe pour Miguel ! quel triomphe pour
l'enfer !

Menacé d'être cité à comparaître devant le cardi-
nal-légat, Ignace cependant conservait tout son
calme. Dans cet abandon général, le seul ami qui lui
restât, Quizino Garzonio, alla trouver le cardinal du
Cupit, son parent, qui, bien que prévenu contre
Ignace, lui accorda pourtant une audience.

Elle dura deux heures. En reconduisant Ignace
avec toutes les marques de la plus haute estime, le
cardinal dit aux gens de service qui, rangés dans
l'antichambre, attendaient ses ordres :

« Toutes les semaines on portera à la tour Mélan-
golo (c'était la résidence d'Ignace) le pain et le vin
nécessaires pour don Ignace de Loyola et pour ceux
qui vivent avec lui. »

Et cette aumône fut continuée jusqu'à sa mort.

Toutefois ce retour d'opinion était loin de suffire
à Ignace. Pour que son apostolat et celui de ses
frères pût s'exercer désormais en toute assurance, il
fallait un jugement pontifical établissant clairement
son innocence et la fausseté des accusations portées

contre lui. Il demande donc et il obtient d'être confronté avec ses accusateurs.

Au jour fixé, Ignace de Loyola et Miguel Navarro comparurent devant le tribunal du gouverneur de Rome, chargé d'instruire l'affaire. Sur la foi du serment, Miguel renouvelle ses accusations.

Ignace alors, sans rien perdre de son calme, lui montre une lettre que lui, Miguel, avoue être de sa main, et dans laquelle le dénonciateur d'aujourd'hui faisait à un ami le plus complet éloge d'Ignace. A cette lecture Miguel devient livide, cherche une explication, se trouble, enfin reste muet. Ignace était vainqueur.

Le maître était bien justifié; mais les disciples avaient été calomniés eux aussi, et la promesse de Notre-Seigneur ne concernait pas Ignace seulement. Au bruit de cet infâme complot, toutes les villes d'Italie auxquelles ils ont porté la bonne nouvelle envoient au gouverneur de Rome, en témoignage de leur reconnaissance, des attestations régulières sur la conduite et les vertus de leurs apôtres.

La sentence juridique réclamée par Ignace fut enfin rendue à Rome le 18 novembre, après un examen rigoureux des exercices spirituels; et, par une permission divine, tous les calomniateurs d'Ignace furent déclarés coupables des crimes même dont ils l'avaient accusé.

Le Frère Augustin, qui s'était hâté de gagner la frontière, jeta le froc au loin et se déclara ouvertement hérétique. Miguel Navarro fut banni à perpétuité. Barrera en mourant rétracta toutes ses calomnies contre Ignace et en manifesta son repentir. Pedro de Castillo, qui se rétracta également, fut assisté à l'heure suprême par un Père de la compa-

gnie de Jésus. Enfin Mudarra eut recours dans
l'épreuve à celui-là même qu'il avait si indignement
calomnié; et Ignace, selon sa coutume, le reçut
comme un père reçoit son fils coupable, mais repentant.

A la fin de cette même année, une famine effroyable
s'abattit sur Rome et sur ses environs, qui furent
plongés dans la désolation la plus profonde.

Ignace et ses disciples ne vivaient que d'aumônes ;
mais la charité sait faire des prodiges. Quatre cents
pauvres, mourant de faim, furent recueillis par
eux dans leur propre logement, nourris, consolés,
fortifiés, préparés à la mort. Leur parole, leur
exemple, entraîne les riches, ouvre toutes les
bourses. Ceux qui les voient à l'œuvre ne peuvent
leur résister. Rome est à eux. Le saint-père lui-
même les admire, et Ignace en profite pour lui soumettre enfin le plan de ces constitutions qu'il a
reçues du Ciel à Manreza et qu'il a fait approuver
par ses frères.

Le cardinal Giudiccioni, dont les talents et le
mérite n'étaient contestés de personne, se montra
tout d'abord résolument hostile à la fondation d'un
ordre religieux nouveau. Les autres cardinaux,
membres de la commission d'enquête, subirent naturellement son influence, et le pape, qui y était au
commencement favorable, ne trouva plus qu'opposition à ce projet autour de lui.

En apprenant cette décision, Ignace dit avec calme
à ses disciples :

« Le cardinal est contre nous ; mais Jésus-Christ
nous a promis de nous être favorable ; nous avons sa
promesse ; prions et attendons. »

Don Diego de Govea, recteur de Sainte-Barbe, de-

devenu l'ami et l'admirateur passionné d'Ignace depuis le supplice infamant qu'il avait entrepris de lui faire subir, don Diego entendit parler du bien que son apostolat faisait en Italie, et des nombreux disciples qui s'étaient depuis peu associés à ses travaux. Don Diego était Portugais : il crut avec raison que de tels hommes seraient aux Indes de précieux auxiliaires pour ses compatriotes.

Ignace lui répondit que ses disciples étaient comme lui à la disposition du souverain pontife, et que, par conséquent, ceux qui voudraient de leur concours devaient avant tout l'obtenir du saint-siège.

Cette réponse, envoyée au roi de Portugal, eut aussitôt pour résultat l'ordre donné à son ambassadeur d'avoir à négocier cette affaire avec le pape.

Mais les disciples d'Ignace étaient déjà disséminés en Italie dans diverses villes, où ils prêchaient avec succès.

Paul III regrettait leur départ et cependant n'osait par un refus désobliger le roi de Portugal.

Ignace, à qui revint en dernier lieu la décision, choisit pour cette mission le Père Simon Rodriguez, et, à la place de Bobadilla malade, François Xavier.

Tous ses succès ne pouvaient faire oublier à Ignace la sanction définitive qu'il attendait du saint-père pour son œuvre. Il fit vœu, s'il l'obtenait promptement, de faire célébrer par la compagnie trois mille messes en actions de grâces.

A peine ce vœu était-il prononcé, que le cardinal Giudiccioni se sentit intérieurement pressé d'examiner au moins ce plan, dont il avait jusque-là refusé de s'occuper. Peu à peu, pendant cette lecture, ses préventions firent place à une admiration croissante, et bientôt il devint lui-même un des plus ardents promoteurs de l'œuvre.

La bulle du souverain pontife Paul III, approuvant l'institut et l'érigeant en ordre religieux, fut en conséquence promulguée le 27 septembre 1540.

Les ardentes prières d'Ignace étaient parvenues jusqu'à Dieu, et la promesse divine s'accomplissait. Dans l'église de la Storta, Notre-Seigneur n'avait-il pas promis à Ignace qu'il lui serait favorable à Rome ?

Il restait à nommer un général ou supérieur à cette Compagnie de Jésus, désormais constituée pour défendre l'Église. Par ordre d'Ignace, les Pères disséminés en Italie furent appelés à Rome. On procéda à l'élection, et le saint fondateur fut à l'unanimité proclamé général.

Sur son premier refus, dont ses frères furent vivement contristés, il fut procédé à une autre élection, qui donna le même résultat. Ignace refusait de nouveau, quand, se levant avec une sorte d'autorité, le Père Laynez lui dit :

« Mon père, cédez à la volonté de Dieu, sinon la société se dissoudra ; car nous sommes tous résolus à ne reconnaître pour chef que vous.

— Eh bien ! dit notre saint, mon confesseur en décidera. Je lui ferai connaître toute mon indignité, et s'il me conseille ou m'ordonne ensuite au nom de Jésus-Christ d'accepter cette responsabilité, j'obéirai. »

Les Pères se récrièrent ; mais cette fois Ignace l'emporta. Son confesseur fut consulté. Le jour de Pâques il dit à son saint pénitent :

« En résistant au choix de vos frères, vous résistez à l'**Esprit-Saint**.

3*

— J'accepte donc la charge, répondit tristement Ignace; mais alors veuillez écrire votre décision et la communiquer à mes frères. »

Ainsi fut proclamé Ignace de Loyola premier général de la compagnie, le 19 avril 1541.

CINQUIÈME PARTIE

GÉNÉRAL DE LA COMPAGNIE DE JÉSUS

(1541-1556)

Pour être fondateur d'ordre religieux et général de la Compagnie de Jésus, Ignace de Loyola n'en avait pas moins conservé toute son humilité et la profonde simplicité de ses manières.

Pierre Ribadeneira, encore très jeune, qui répétait au catéchisme les instructions données par lui la veille, osa lui conseiller d'en soigner davantage la forme et d'éviter les locutions espagnoles dont était surchargé son italien.

« Je te remercie de ton avertissement, mon Pedro, lui répondit Ignace ; tu me feras plaisir en continuant à tenir compte de mes fautes d'italien. »

Pierre Ribadeneira continua donc ; mais le nombre des fautes était tellement considérable, qu'il désespéra de pouvoir les consigner toutes. Alors Ignace lui dit avec douceur :

« Eh bien ! mon Pedro, que faire ? C'est un mal sans remède ; que pouvons-nous contre Dieu ? »

Plein d'indulgence pour les faiblesses involontaires, il ne pouvait souffrir la négligence dans le service de Dieu. Voyant un jour qu'un frère coadjuteur s'acquittait assez lâchement de ses fonctions,

Ignace s'approche, le considère un instant, puis lui dit :

« Pour le service de qui êtes-vous entré dans la compagnie, mon frère?

— Pour le service de Dieu, mon révérend Père.

— Pour qui travaillez-vous en ce moment? Qui servez-vous?

— Je travaille pour Dieu, mon révérend Père, et c'est lui que je sers.

— Vraiment! je ne m'en doutais pas. Si vous serviez les hommes, je comprendrais votre nonchalance et votre peu de zèle; mais quand on a l'honneur d'être employé au service de la divine Majesté, comment ne lui donne-t-on pas au moins tout ce qu'on possède de force et de bonne volonté? »

A peine un an s'était-il écoulé depuis que la compagnie avait été érigée en ordre religieux, que déjà, sur la réputation bien fondée de ses membres, tous les États européens demandaient à en posséder quelques-uns. Le roi de Portugal avait envoyé Xavier aux Indes et gardé près de lui Simon Rodriguez, qu'il chargea de fonder un collège et une pépinière d'apôtres, tant pour le Portugal que pour ses possessions dans l'Inde. Pierre Lefèvre avait suivi, à la diète de Worms, l'ambassadeur de Charles-Quint, don Pedro Ortiz. Les Pères Bobadilla, Claude Lejay, Salmeron, Brouët, étaient disséminés soit en Allemagne, soit en Irlande; et le Père Laynez, dernier des compagnons du saint, dut encore le quitter pour répondre à l'appel des Vénitiens.

Mais des novices nombreux, prêts à les remplacer, se formaient aux vertus sous les regards d'Ignace. Parmi eux brillaient au premier rang son neveu **don Antonio d'Araoz, Francisco Strada, don Diego** d'Éguia, son ami d'Alcala, enfin Pierre Ribadeneira. C'était à qui rivaliserait de zèle pour imiter le maître et servir Dieu.

Un ardent luthérien, qui avait été surpris à Rome faisant de la propagande hérétique, fut placé dans la

Saint François Xavier et les Indiens.

maison et sous la surveillance d'Ignace, tous les autres moyens pour le ramener à la foi ayant été reconnus impuissants. Avec sa bonté ordinaire Ignace l'accueillit, en lui promettant toute liberté dans l'intérieur, pourvu seulement qu'il ne troublât pas le recueillement des frères et gardât le silence en dehors des récréations. Cette atmosphère de calme et de

piété fit plus que tous les raisonnements sur l'esprit
du jeune fanatique.

Après sa conversion, quelqu'un lui demanda comment il avait pu si longtemps résister aux arguments
des plus savants docteurs et à leurs preuves.

« C'est que, répondit-il, la discussion est irritante,
l'exemple seul est tout-puissant. Comment aurais-je
pu croire qu'une sainteté comme celle du Père
Ignace et de ses compagnons s'alliât avec une foi
autre que la véritable? C'est cela qui m'a éclairé. »

Ceux-là seulement qui aspiraient à une haute perfection pouvaient prétendre à leur admission dans la
compagnie; et, pour s'en assurer, Ignace faisait subir
aux jeunes novices les épreuves les plus humiliantes
et les plus douloureuses à la nature. Quand son
neveu, Antonio d'Araoz, était entré au noviciat, il
portait, comme tous les gentilshommes de grande
naissance, une tunique de velours brodée d'or. Tout
le temps de son noviciat Ignace voulut qu'il portât
ce vêtement, jusqu'à ce qu'il tombât en lambeaux.

Aller en tunique de velours avec broderies d'or,
soit mendier dans les rues de Rome, soit laver la
vaisselle ou servir dans les hôpitaux, était pour l'orgueil espagnol une rude épreuve, surtout quand ce
vêtement de cour fut, par un long usage, devenu
ridicule; mais Antonio accepta tout. Un autre novice
venait-il se mettre à genoux devant Ignace pour
demander pardon et pénitence, le saint accordait l'un,
imposait l'autre, et après quelques mots lui disait :

« Levez-vous. »

Si le novice ne se relevait pas sur-le-champ, Ignace
le laissait à genoux et s'en allait en disant :

« L'humilité est sans mérite, quand elle est contraire à l'obéissance. »

Une autre fois, recevant la visite d'un gentilhomme, il fit mander un frère coadjuteur, auquel il fit signe de s'asseoir ; mais, par respect pour le visiteur ou pour lui-même, le frère resta debout. Ignace lui ordonne de mettre sur sa tête l'escabeau qui aurait dû être son siège et de rester ainsi jusqu'au départ du gentilhomme.

C'est ainsi qu'Ignace gouvernait les novices pour les former au véritable esprit de renoncement et à la soumission parfaite. Le professeur de philosophie recevait ordre d'enseigner la grammaire, et celui de théologie d'aller à la cuisine.

Un prêtre allait célébrer la sainte messe, on vient lui dire que le Père général le demande. Il se rend à l'appel, quitte ses vêtements sacerdotaux, paraît devant Ignace, qui lui dit simplement :

« Allez dire la messe. »

Ceux dont l'esprit inquiet ne pouvait se plier à une règle aussi absolue étaient expulsés sans merci ; car, pour Ignace, la meilleure preuve des vocations était dans l'entier dépouillement du jugement personnel comme dans l'abnégation sans réserve de la volonté.

Géronimo Natale avait étudié la théologie à Paris avec Ignace, et celui-ci, reconnaissant en lui tous les signes de la vocation religieuse, s'était inutilement efforcé de l'attirer dans la Compagnie de Jésus naissante. Ni Pierre Lefèvre ni Diego Laynez n'avaien mieux réussi. Géronimo avait même fini par éviter Ignace, pour se dérober à ses obsessions.

Retiré dans sa famille, à Majorque, il continuait à se demander anxieusement ce que Dieu voulait faire de lui, quand une lettre de François Xavier, son ancien condisciple et maintenant apôtre sans rival dans les Indes, lui tomba sous les yeux. Émerveillé

des travaux apostoliques dont le jeune saint rendait
compte dans cette lettre, Géronimo, transporté, s'écria :
« Ah ! voici une grande œuvre ! »

En même temps le souvenir lui revint des sollicita-
tions d'Ignace et de sa résistance ; et, malgré sa résolution toujours arrêtée de ne pas entrer dans la compagnie, trop parfaite, croyait-il, pour lui, il se décide
à aller voir Ignace et à lui demander conseil.

Dans ce dessein il part pour Rome. Deux de ses
anciens amis, le Père Laynez et Géronimo Domeneco, qu'il y rencontre, l'engagent à faire avec eux
les exercices spirituels. Mais Natale, furieux de la
proposition, court se plaindre au bon Père général.

« Mon révérend Père, lui dit-il, Laynez et Geronimo Domeneco me tendent un piège pour m'attirer
malgré moi dans la compagnie. Je n'ai ni les talents
ni les vertus nécessaires pour cela, vous le savez.

— Ne vous en inquiétez pas, répond Ignace ; les
exercices spirituels n'engagent à rien et ne peuvent
que vous être utiles. Faites-les seulement, et laissez
Dieu conduire le reste. Il saura bien à quoi vous
employer pour sa gloire, laissez-le faire. »

Natale suit ce conseil. Dirigé par le Père Laynez,
il fait les exercices, luttant toujours contre lui-même,
tout en reconnaissant l'appel de Dieu. Enfin, arrivé
à la méditation des deux étendards, il s'avoue subju-
gué. La grâce l'emporte ; il se lève au milieu de la
nuit et écrit ses résolutions. Aussitôt après sa
retraite il entre au noviciat, et la Compagnie de Jésus
compta parmi ses membres un sujet distingué de plus.

Cependant, en Europe comme aux Indes, l'œuvre
de saint Ignace de Loyola, visiblement bénie de Dieu,
prenait une extension de plus en plus considérable.
Un collège dans les Indes était fondé par François

Xavier à Goa, métropole des colonies portugaises, et Simon Rodriguez en établissait plusieurs en Portugal, par l'ordre du roi Jean III et à ses frais. En Espagne, Alcala, Valence, Barcelone et Gandie réclamaient des noviciats et des collèges. Ainsi en était-il de la Belgique et de l'Allemagne ; à Rome, les aspirants de tout pays affluaient vers Ignace.

Si grande était devenue la réputation du saint fondateur, que beaucoup parmi les hommes remarquables venaient à Rome pour le connaître. De ce nombre fut Guillaume Postel, professeur royal à l'Université de Paris, et si versé dans toutes les langues, qu'il se vantait de pouvoir sans truchement traverser le monde. François Ier et la savante reine de Navarre, sa sœur, l'avaient à cause de sa science surnommé la merveille du monde.

Il vint à Rome, il vit Ignace ; et séduit, entraîné tant par la sainteté du maître que par le zèle de ses disciples, il fait vœu de lui obéir, à lui ou à tout autre supérieur qu'il voudra, s'engageant pour toujours à servir Dieu dans la Compagnie. Mais Postel était astrologue, et par ses signes cabalistiques il se croyait assuré de prédire l'avenir. Les Pères Laynez et Salmeron, Ignace lui-même, entreprirent de le raisonner, de l'arracher à sa folie ; voyant tout inutile, le saint fondateur l'expulsa. Postel au désespoir promet de renoncer à ses calculs, et, se laissant toucher à la prière aussi du cardinal-vicaire qui s'intéresse à Postel, Ignace consent à le reprendre, mais sans cesser de le surveiller en secret. Il le surprend un jour en plein travail cabalistique. Ce même jour, Postel est chassé définitivement de la maison avec défense à tous les disciples d'Ignace d'entretenir aucune relation avec lui.

Un Père espagnol, appelé Marino, exerçait avec habileté la charge de ministre à la maison professe de Rome. Mais son obstination dans ses idées força Ignace à lui retirer cette charge, le saint fondateur jugeant impropre à commander celui qui ne savait pas obéir. Il lui fit faire les exercices spirituels, et le Père Marino promit de se corriger. Ignace le rétablit alors dans sa charge; bientôt après, le Père Marino s'évertua de nouveau à prouver au Père général son incapacité dans les affaires du temporel, ce qui fit dire au Père Natale :

« Marino fera perdre leur renom aux exercices spirituels. Il vient de les faire, et il n'est pas un homme nouveau. »

Un soir qu'il s'était une fois de plus montré opiniâtre, Ignace à l'instant même lui envoie l'ordre de quitter la maison sans attendre le lendemain.

« Ce sera un exemple pour les autres, ajouta-t-il. On sait que je ne voudrais pas passer la nuit sous le même toit qu'un homme incorrigible dans son obstination. »

Ignace n'était pas moins sévère pour les fautes contre la charité; en entrant dans la Compagnie, la première règle à suivre était de se traiter et de s'aimer en frères.

Un soir, l'heure était avancée, quelqu'un vint lui dire :

« Mon révérend Père, Francisco Zapata s'est moqué publiquement du Père Natale, qui prêchait dans la rue, selon l'usage de la Compagnie en Italie. Il appelle cela du charlatanisme et n'a voulu écouter personne sur ce point. »

Ignace ne répond point, laisse le dénonciateur s'éloigner, et se met en prière; puis, allant trouver

Francisco Zapata qui dormait, il le fait lever, lui ordonne de quitter la maison avant le jour, et rentre
dans sa chambre.

Telle était la fermeté d'Ignace. Quelques faits que
nous rapporterons plus loin prouveront jusqu'où il
portait la douceur.

Tandis que tout prospérait en Europe pour la Compagnie sous la puissante administration d'Ignace,
François Xavier, également inspiré de Dieu, gouvernait sa mission aux Indes avec la même sagesse et la
même fermeté. Les Pères Laynez et Salmeron, désignés
à la prière de Paul III pour assister ses légats au
concile de Trente, s'y attiraient, sans rien perdre de
leur humilité, des applaudissements unanimes autant
par leur savoir que par leur éloquence.

Le Père Lejay, appuyé par Ignace, refusait énergiquement l'évêché de Trieste, que le roi des Romains,
Ferdinand, voulait lui imposer; et Ignace, profitant
de la circonstance, obtenait du Saint-Siège une
exemption de tous honneurs semblables dans l'avenir
pour les membres de la Compagnie. Enfin un diffé-
rend qui menaçait de s'aggraver entre le pape Paul III
et le roi de Portugal venait d'être heureusement
apaisé par le général des Jésuites, aidé de Simon
Rodriguez.

Rappelé de Valladolid par ordre du pape pour aller
au concile de Trente s'adjoindre aux Pères Laynez et
Salmeron, le Père Lefèvre, déjà gravement malade,
ne voulut pas cependant différer son départ, et vint
mourir à Rome entre les bras de son Père, dont il
était si tendrement aimé.

« Il a jeté tant d'éclat sur la Compagnie! Il a tant
travaillé! disaient en pleurant les Pères, ses amis.
Sera-t-il jamais remplacé?

— Oui, répondit Ignace, il le sera. Dieu va réparer cette grande perte en donnant à la Compagnie un homme dont les talents et la sainteté vont grandement contribuer à l'illustrer et à la répandre. »

Celui dont parlait saint Ignace était le duc de Gandie, François Borgia. Veuf depuis quelques mois seulement et se sentant appelé à une vie plus parfaite, il écrivit au Saint pour lui demander de l'admettre au nombre de ses novices. Ignace lui répondit en glorifiant Dieu avec lui de cette haute vocation, mais en lui conseillant d'attendre pour la manifester que ses enfants fussent établis et ses affaires selon le monde réglées. Le duc de Gandie obéit.

L'exaspération des esprits, portée à son comble, venait de faire interrompre et indéfiniment ajourner le concile de Trente. On en était venu aux mains, et la victoire s'était déclarée pour les catholiques.

Mais Charles-Quint, croyant mettre par là un terme aux divisions et en attendant la décision suprême du concile, fit publier une formule de foi obligatoire pour tous ses sujets, et qu'on appela *Intérim*. Certains articles de cette formule, contraires à la foi et à la discipline de l'Église, furent attaqués par les théologiens; et le Père Bobadilla, alors en grand crédit à la cour, non seulement se permit de combattre les articles, mais alla même jusqu'à blâmer ouvertement, et sans même ménager ses expressions, la condescendance de l'empereur pour les hérétiques

Un ordre lui fut aussitôt signifié d'avoir à sortir au plus tôt de l'Empire. Heureux d'être humilié pour une telle cause, Bobadilla partit pour Rome, où le pape en secret approuvait sa conduite, et où l'Intérim était universellement condamné. Ignace n'en fit pas moins refuser au Père Bobadilla l'entrée de la maison professe en disant :

« Celui qui a été assez imprudent pour manquer de respect à la dignité impériale ne doit pas être reçu dans une maison de la Compagnie. »

Saint François de Borgia devant saint Ignace.

Mais cette réparation publique faite au souverain irrité, Ignace reçut avec sa tendresse ordinaire le Père coupable.

Le général avait réprimandé et puni, le Père pardonnait et bénissait.

Les événements qui suivirent ne tardèrent pas à justifier les prévisions d'Ignace et à faire ressortir

4

toute l'imprudence du trop zélé jésuite. De nouveau encouragés par l'irritation de l'empereur, les protestants relevèrent la tête; et en Espagne, où la renommée croissante des jésuites leur suscitait une foule d'envieux, un dominicain de talent, Miguel Cano, les attaqua avec violence et les représenta au peuple comme ennemis du pape et de l'Église, comme schismatiques et hypocrites. Le peuple épouvanté ne savait plus que croire, quand un autre dominicain, Jean Penna, indigné de ces calomnies, les réfuta vigoureusement, et une à une, dans une apologie victorieuse. On accusait les jésuites de ne pas être autorisés par l'Église; la bulle de Paul III les érigeant en ordre religieux fut rappelée. Miguel Cano condamnait les *exercices spirituels* comme entachés d'erreurs; on lui répondit en citant la bulle donnée également par le pape, bulle qui les approuvait. Enfin le supérieur général des dominicains, informé de l'affaire, prit ouvertement le parti des jésuites en se déclarant leur ami, ce qui acheva de faire perdre au religieux malveillant l'estime dont il jouissait auparavant.

Encore une fois l'esprit du mal était vaincu, et la Compagnie de Jésus sortait plus glorieuse que jamais du combat.

En habile supérieur, Ignace savait traiter différemment les âmes toutes différentes les unes des autres qui passaient sous sa direction, et personne mieux que lui ne savait reconnaître celles auxquelles convenait un régime sévère de celles que cette même sévérité eût rebutées. Se présentait-il, par exemple, des novices vraiment appelés, mais encore faibles dans la vertu, il les entourait de prévenances, se servant même pour leur parler du titre qu'ils avaient dans le monde, et auquel ils tenaient encore secrètement. C'était :

« seigneur duc » ou « seigneur marquis », quelquefois
« Votre Seigneurie ». Cette distinction, dont ils avaient
d'abord été flattés, ne tardait pas à gêner les nouveaux
venus, qui se voyaient seuls à la recevoir. Leurs égaux
dans le monde, et maintenant leurs frères dans le noviciat, avaient si bien perdu le souvenir de ces vains
titres, de ces égards qui leur plaisaient encore, à eux!
Bientôt ils allaient se jeter aux pieds d'Ignace, le suppliant de ne plus les traiter en mondains, mais en
frères, et recevant comme une faveur ce qui les eût
blessés auparavant.

« Il faut, disait souvent cet habile directeur, il faut
savoir s'accommoder aux affaires qui ne peuvent
s'accommoder à nous. Il faut savoir entrer par la
porte de certaines personnes, afin de les faire sortir
par la nôtre. »

Cette maxime, nul mieux que lui ne savait l'appliquer aux âmes. Un célèbre prédicateur espagnol,
Gaspardo Loaerte, avait demandé à être admis dans
la Compagnie, et Ignace, appréciant la valeur d'une
telle conquête, entreprit de le faire parvenir à un très
haut degré de perfection. Il s'agissait de faire passer
ce novice par les plus fortes humiliations, sans toutefois le décourager, ce qui était toujours à craindre
en commençant. Ignace se chargea donc de soutenir
et de fortifier le novice, tandis que le Père Luiz Gonzalez, alors ministre de la maison de Rome, l'éprou-
verait au contraire pour développer en lui la vertu et
le former à la patience. Le Père Luiz Gonzalez s'acquittait si bien de sa tâche, que le pauvre novice allait
souvent les larmes aux yeux se jeter dans les bras
d'Ignace, lui avouant sa faiblesse et son besoin d'encouragement. Le bon Père général le consolait et le
renvoyait fortifié, jusqu'à ce qu'un jour l'idée vint au

Père Gonzalez de demander à son novice ce qu'il pensait de la sainteté du Père Ignace.

« Ce que j'en pense? c'est qu'il est véritablement une source d'huile, il est si bon!

— Et moi?

— Ah! vous, mon Père, votre source est de vinaigre. »

La franchise de cette réponse plut à Ignace, qui engagea le Père Gonzalez à modérer désormais les épreuves. Bientôt Gaspardo Loaerte fut jugé digne de commander aux autres et nommé recteur du collège de Gênes.

Rien n'égalait la sollicitude d'Ignace pour ses fils quand ils étaient malades. On le vit même quelquefois se lever la nuit pour aller s'assurer par lui-même qu'un des Pères, qui avait été saigné, n'avait pas dérangé son bandage en dormant.

Pendant une épidémie, la maison était pleine jusqu'aux combles, et déjà plusieurs chambres avaient été transformées en infirmeries, quand on lui proposa d'envoyer, faute de place, deux des novices, nouveaux venus, à l'hôpital.

« Ah! cela, jamais, répondait-il. Celui qui a quitté le monde pour servir Dieu ne trouvera-t-il donc pas un asile dans cette maison? Qu'on leur donne d'abord le plus pressé, Dieu saura bien ensuite nous envoyer le reste. »

Tant de bonté, tant d'indulgence, lui attiraient infailliblement tous les cœurs. La joie suprême était de vivre à Rome sous le même toit que lui, et les humiliations qu'il imposait pour faire croître en mérite ses religieux, étaient toujours reçues sans résistance, personne ne se méprenant sur son intention.

La chambre du Père Bobadilla était petite et

incommode; un jour il demanda à Ignace de la lui faire changer pour une autre qu'il désigna.

« Ce serait d'un mauvais exemple pour les autres, lui répondit le Saint; d'autres voudraient, à votre exemple, fuir les inconvénients de la sainte pauvreté. Non seulement vous garderez votre chambre, mais vous allez vous arranger pour y loger encore deux compagnons que je vous enverrai. »

Sans un mot de réplique, le Père Bobadilla obéit.

Une légèreté d'enfant était le principal défaut de Pierre Ribadeneira. Plusieurs des Pères le croyaient incapable de jamais tenir une place honorable parmi les hommes graves dont la Compagnie était formée. Ignace en jugeait autrement, et tout l'ascendant qu'il pouvait avoir sur Pierre était au contraire employé à le retenir dans la Compagnie. Mais l'ange malfaisant, voyant que dans l'esprit de Pierre cet ascendant était précisément le seul obstacle à surmonter, s'efforça de faire naître à la place une antipathie et un dégoût insurmontables pour la personne d'Ignace. Le Saint s'en aperçut avec d'autant plus de douleur, qu'il n'y pouvait rien par lui-même. Il se contenta de prier pour Pierre, sans paraître remarquer que celui-ci le fuyait.

Ignace avait plusieurs fois conjuré le novice récalcitrant de faire les exercices spirituels. Pierre avait toujours répondu qu'il préférait quitter la maison et la Compagnie. Enfin un jour, Dieu ayant révélé au saint que sa prière est exaucée, il demande Pierre. Celui-ci se présente, bien décidé à trancher la question en rejetant toute proposition de retraite et en annonçant son départ.

« Mon Pedro! lui dit Ignace en lui tendant les bras, mon cher enfant! »

Pierre, ému jusqu'aux larmes et tombant à ses pieds, s'écrie :

« Mon Père! mon Père! je les ferai, je les ferai! Oui, je le veux. »

Ignace n'avait pas dit un mot des exercices; mais Pierre savait que là gisait pour lui toute la difficulté, et qu'en refusant de les faire il avait résisté jusque-là à la grâce. Il supplia Ignace d'entendre sa confession et de le diriger lui-même dans les exercices.

Ignace accorda tout, et, après avoir entendu sa confession, il lui dit simplement :

« Mon Pedro, je vous en conjure, ne soyez pas ingrat envers Celui qui a été si bon pour vous. »

Ribadeneira, de qui nous tenons ces détails, ajoute :

« A ces paroles, il me sembla qu'un voile qui était sur mes yeux tombait, et depuis lors, il y a de cela cinquante-deux ans, la plus légère tentation de ce genre ne s'est jamais élevée dans mon esprit. »

Baudouin Angelo, à peine entré au noviciat, fut poursuivi par le souvenir d'un neveu tendrement aimé et qu'il se reprochait d'avoir abandonné. Ignace apprend qu'il est, pour ce motif, sur le point de quitter la maison. Ignace aussitôt se met en prière; puis, éclairé d'en haut, il fait venir Baudouin, et d'un ton affectueux lui dit :

« Écoutez ce qui m'est arrivé, lorsque, comme vous, j'ai commencé à servir Dieu. Le livre qui me servait pour réciter l'office de Notre-Dame était orné d'images; une d'elles qui ressemblait à ma belle-sœur me remettait dans la mémoire et le monde que j'avais quitté et ma tendresse pour mes parents. Pour me délivrer de ces soucis dangereux, j'eus d'abord la pensée de renoncer à cette dévotion; mais je compris

qu'en perdre le mérite c'était seulement céder du
terrain à l'ennemi.

« Puisque le démon me traite en enfant, me dis-je,
délivrons-nous de ces importunités avec la simplicité
d'un enfant; je couvris donc mon image avec une
feuille de papier, et la tentation disparut. »

Ayant ainsi parlé, le saint fondateur se lève, embrasse Baudouin, et le laisse pénétré de joie. Jamais
depuis le souvenir de son neveu ne le troubla et ne
vint mettre obstacle à sa vocation.

Un autre novice, Laurent Maggi, vivement tenté de
quitter la maison, vient un jour trouver le Père
général et lui annoncer sa résolution.

Ignace, sans paraître surpris, lui dit :

« Qu'il soit fait comme vous le voulez; je ne vous
demande qu'une seule chose.

— Tout ce que vous voudrez, mon Père, excepté de
rester dans la Compagnie, trop parfaite pour moi.

— Aussi n'est-ce pas là ce que je vous demande,
mais bien ceci. Cette nuit, à votre premier réveil,
vous vous placerez dans votre lit comme un mourant
à l'agonie, prêt à rendre compte de sa vie à Notre-
Seigneur et à recevoir sa sentence. Dites-vous ensuite : Si j'en étais là, à qui voudrais-je avoir obéi?
à Dieu qui m'appelle pour le servir, ou au démon qui
m'en détourne? Et quand vous aurez suivi mon conseil, vous quitterez la Compagnie si vous voulez. »

Le lendemain matin, Laurent revint trouver Ignace.

« Eh bien! mon bon Laurent, vous venez donc me
dire adieu?

— Mon Père! mon Père! si je n'étais au noviciat,
je vous supplierais de me l'ouvrir. Je n'ai jamais si
bien entendu l'appel de Dieu que cette nuit. »

Le novice, à genoux devant le bon Père Ignace, le

conjurait d'oublier sa faiblesse, et la tentation qui avait failli l'entraîner ne se renouvela plus.

Grâce à l'imprudence et au départ précipité de Bobadilla, les protestants en Allemagne propageaient leurs funestes doctrines avec plus d'ardeur et plus d'impunité que jamais. Épouvanté de leurs progrès, le duc de Bavière demanda à Ignace quelques-uns de ses vaillants guerriers pour défendre la foi dans ce pays.

Salmeron et Canisius, députés par le Saint, sont aussitôt nommés aux premières chaires de théologie d'Ingolstadt et y font des prodiges. C'était parmi les princes à qui posséderait des Jésuites; mais leur nombre encore trop restreint ne permettait pas à Ignace de répondre favorablement à toutes les demandes.

Le pape Paul III était mort, et son successeur Jules III venait d'accorder un jubilé à la chrétienté. Ignace en profita pour appeler à Rome les principaux religieux de son ordre. Il voulait non seulement leur soumettre les constitutions, mais encore se démettre de sa charge en faveur de celui des Pères qui réunirait le plus de voix. La consternation, en apprenant cette nouvelle, fut d'abord générale.

Un seul parmi les assistants, le Père Oviedo, quand son tour vint de parler, fut d'avis d'accepter.

« Notre Père Ignace, disait-il, a reçu de Dieu plus de lumière que nous, et ce qu'il veut ne peut qu'être le meilleur.

— Mais, lui répondit-on, les saints se jugent toujours inférieurs à leur tâche, et seulement en ce qui les concerne il ne faut pas se fier à eux. Croyez-vous donc à l'incapacité de notre Père? »

Cet argument convainquit le Père Oviedo, et à l'unanimité la démission d'Ignace fut refusée. Il se soumit les larmes aux yeux, et désormais ne chercha plus à se délivrer du fardeau qu'il trouvait si lourd.

C'est alors que fut fondé, avec le puissant concours de François Borgia, le collège romain des jésuites. On y recevait, sans rétribution pour les classes, tous les écoliers qui se présentaient, pourvu qu'ils se fussent engagés à obéir, à se tenir convenablement, à s'abstenir de toute parole blâmable.

Mais cette gratuité d'enseignement souleva bientôt contre les Pères un nouveau torrent d'invectives et de calomnies. On alla jusqu'à les insulter dans les classes en présence de leurs écoliers, et leurs détracteurs osaient même taxer d'ignorance ceux dont la réputation de savoir était devenue universelle.

Cette occasion de faire croître ses fils en humilité ne fut pas perdue pour Ignace. Ce qui s'était passé à Rome pouvait se renouveler dans toute l'Italie pour les mêmes motifs. En conséquence, il écrivit à tous les recteurs pour leur recommander de répondre simplement, s'ils étaient traités d'ignorants :

« Nous savons, il est vrai, beaucoup moins que nous ne voudrions; mais le peu que nous savons, nous le donnons de bon cœur à Dieu et au prochain. »

En peu de temps, ce collège prit une extension considérable ; les bâtiments devinrent insuffisants pour le nombre des étudiants, qui allait toujours en croissant, et l'empressement que mettaient les jeunes gens à rechercher cet enseignement ne laissait pas que de causer à leurs familles une inquiétude facile à voir. Sans se troubler des plaintes qu'il recevait déjà de tous côtés, Ignace fondait sur le collège romain les plus belles espérances, se fiant à Dieu pour l'éclairer sur les mesures à prendre, en vue de calmer plus tard les esprits.

Le fait dont nous allons parler lui vint en aide.

Octave César, dont le père était secrétaire du duc de Monte-Leone, n'avait obtenu le consentement de son père qu'après son admission dans la Compagnie. Sur l'ordre du Père général il se rendit à Rome; son père aussitôt accourut, prétendant n'avoir pas consenti à l'entrée de son fils dans la Compagnie. Informé de la plainte, le pape charge le cardinal Caraffa de faire une enquête; et l'enquête commençait à peine, quand la mère du novice, arrivée à Rome, jette les hauts cris et fait un tel éclat, qu'Ignace reçoit un ordre du cardinal d'avoir à renvoyer Octave à ses parents.

Mais Ignace en réfère au pape, qui prononce un jugement différent et déclare régulière l'admission d'Octave César dans la Compagnie.

A la suite de cette décision, Ignace adressa à tous les recteurs de son ordre une circulaire leur défendant absolument d'engager les étudiants à entrer dans la Compagnie pas plus qu'à les y recevoir, sans l'autorisation formelle des parents.

Ignace ne s'était pas trompé en prenant cette mesure. Les parents, rassurés, cessèrent de s'opposer à l'entrée de leurs fils dans les collèges nouveaux, et le saint fondateur eut la joie de voir ces collèges prospérer de plus en plus pour la plus grande gloire de Dieu. En fonder un semblable en Allemagne, où l'hérésie faisait sans cesse des prosélytes, était depuis longtemps le rêve d'Ignace; mais l'argent nécessaire pour en construire les bâtiments faisait défaut.

En 1552, le cardinal Moroni, qui avait été longtemps nonce apostolique en Allemagne, fit de lui-même au Saint la proposition désirée. Le sacré collège l'approuva ; Jules III promit cinq cents écus d'or par année ; cinq cardinaux furent nommés protecteurs du collège germanique, et la charge d'en dresser les statuts fut donnée à Ignace.

Ainsi fut fondé dans l'Église le premier séminaire. Les hérétiques, furieux d'une telle institution, publiaient sans relâche que les jésuites étaient vendus au pape, et que leur Compagnie était le vrai fléau de la réforme évangélique. Mais, voyant tous leurs traits s'émousser sur le zèle plus ardent que jamais des religieux, ils entreprirent d'insinuer dans la Compagnie elle-même le venin de leurs fausses doctrines.

Propager l'hérésie au moyen de la Compagnie de Jésus elle-même eût été pour eux, en effet, le plus beau des triomphes.

Un Calabrais, nommé Michel, réussit donc à se faire recevoir parmi les novices. Sa contenance modeste, son air intelligent, parlaient pour lui et contribuèrent à le faire accepter sans difficulté.

Un jour qu'il s'occupait selon sa charge au réfectoire, il dit au Père Manare, son compagnon :

« Pourquoi a-t-on placé là ces images ?

— Pour nous porter au bien et nous rappeler les vertus des saints qu'elles représentent, lui répondit le Père.

— Eh bien ! voyez combien les opinions diffèrent, reprit Michel. En Allemagne, j'ai connu des docteurs célèbres qui blâment sévèrement le culte rendu aux images. Ils s'appuient sur la parole de saint Jean : « Gardez-vous des simulacres. »

— Ces docteurs sont plus ignorants que vous ne pensez, ou ils sont hérétiques, car cette parole ne s'applique qu'aux images des faux dieux et non à celles de Notre-Seigneur et des saints. »

Convaincu en apparence, Michel se tut; mais quelques jours après il dit au Père Manare :

« Quelle était donc cette Babylone dont parlait saint Pierre quand il écrivait : « Les frères qui sont à Babylone vous saluent? »

— L'apôtre parlait de Rome, répondit le Père; la confusion de religions qui y régnait alors justifiait bien ce nom.

— Ainsi disent les théologiens d'Allemagne, reprit Michel; mais ils ajoutent que si saint Pierre parlait ainsi de Rome, c'est qu'il avait en vue les temps où l'Antéchrist régnerait sur le siège appelé par David la chaire de pestilence. »

Le novice s'était dévoilé; mais le Père Manare voulait ne le dénoncer qu'avec pièces à l'appui. Sous prétexte de soumettre à un autre des Pères trois points de doctrine controversés, il demanda donc à Michel de les formuler par écrit. Michel le fit, et le Père Manare porta au Père Ignace l'écrit avec les notes qu'il avait prises. Saint Ignace aussitôt en fit donner avis au cardinal Caraffa, et ordonna de mettre l'hérétique à la porte, après lui avoir fait quitter l'habit religieux.

Quelque temps après, une caisse de livres apportée par un inconnu arrivait de Venise, à titre d'aumône pour la bibliothèque des Pères, à Rome.

On ouvre la caisse : on se réjouit en y trouvant des ouvrages orthodoxes, car les livres alors étaient rares et coûteux; mais sous les auteurs orthodoxes étaient cachés les luthériens. Ignace les fit tous brûler aussitôt.

Les hérétiques en restèrent là et abandonnèrent l'entreprise.

La France n'était pas encore, comme les nations voisines ses sœurs, accessible à l'action déjà si puissante des jésuites. Ni le parlement ni l'université n'en voulaient, et l'esprit indépendant de ces deux corps leur faisait naturellement redouter l'influence d'un ordre entièrement dévoué au saint-siège.

Ne pouvant obtenir du parlement l'autorisation nécessaire pour fonder un collège, Ignace envoya à Paris quelques professeurs espagnols de son ordre, avec mission de travailler à la sanctification des étudiants ; parmi eux était son neveu, Émiliano de Loyola. L'évêque de Clermont, Guillaume Duprat, offrait de fonder le collège à ses frais dans son hôtel, aujourd'hui occupé par le collège appelé Louis-le-Grand. Mais les lettres d'enregistrement manquaient toujours, et la calomnie, reprenant son œuvre, représentait comme un fléau les saints apôtres dont on ne voulait pas.

Confondre ses imposteurs eût été plus facile que jamais à Ignace ; mais à ceux qui l'y engageaient il se contenta de répondre :

« Jésus-Christ, en quittant la terre, a dit à ses apôtres : Je vous laisse ma paix, je vous donne la paix. Prenons ces paroles pour nous en cette occasion. Il est quelquefois plus à propos de se taire que de parler. »

C'est que la Compagnie, quoique jeune encore, n'en était plus à son début. Ses succès proclamaient déjà que sa mission lui vient de Dieu, et la meilleure réponse à faire aux calomnies était de la montrer à l'œuvre.

Dieu, comme toujours, vint en aide à Ignace pour l'établissement du collège de France. Envoyé par le roi Henri II, le duc de Guise était venu à Rome pour engager le pape et le duc de Ferrare dans une ligue contre l'empereur d'Allemagne.

Lui faire comprendre l'utilité d'un collège chrétien pour combattre l'hérésie et former la jeunesse ne fut pas difficile à saint Ignace, et le cardinal, rentré à Paris, obtint des lettres patentes du roi autorisant l'établissement de la Compagnie de Jésus en France. Elle s'y développa moins vite qu'ailleurs cependant, par suite de l'opposition persistante du parlement et de l'université; opposition dont la volonté royale eut raison toutefois quelques années plus tard.

Bien loin de briguer pour les siens les dignités ecclésiastiques, Ignace restait fidèle à sa résolution de les repousser invariablement de la Compagnie. Le roi des Romains, Ferdinand, qui voulait à tout prix faire nommer le Père Canisius à l'évêché de Vienne, trouva le saint fondateur inflexible; ainsi en fut-il pour François Borgia, auquel le pape, de concert avec l'empereur, désirait conférer la dignité de cardinal; et en même temps, malgré la résistance du roi, Ignace rappelait de Portugal le Père Simon Rodriguez, dont le gouvernement trop doux devenait nuisible à la Compagnie.

Ces affaires, aussi multipliées qu'importantes, non plus que sa mauvaise santé, n'empêchaient point Ignace de surveiller les collèges créés par lui à Rome et le noviciat qu'il y avait fondé. Tous les jours, par son ordre, les novices travaillaient à un mur de clôture qu'il fallait construire sur la voie publique, et beaucoup venaient admirer dans cet humble travail ces jeunes gens, dont quelques-uns appartenaient aux plus nobles familles de Rome.

Un jour le Père général visitait les travaux, et parmi les novices il en vit un qui tournait le dos au public, évitant les regards et travaillant d'un air inquiet. Sa famille était une des principales de Rome, et Ignace comprit aussitôt qu'une tentation d'orgueil chez ce novice allait peut-être mettre en péril sa vocation très évidente.

Il demande le Père Olivier, et lui désignant le novice :

« Vous ne voyez donc pas que ce jeune frère est tenté? La honte est sur son front et l'orgueil dans son cœur. Le laisserez-vous donc se perdre pour un pareil motif?

— Mon Père, balbutia le Père Olivier, Votre Révérence m'a donné l'ordre d'employer les novices à ce travail.

— En vous donnant cet ordre, répliqua le saint, vous ai-je enlevé l'esprit de discrétion et de charité? »

Passant ensuite près du novice sans paraître l'avoir remarqué, avec sa douceur habituelle il lui dit :

« Comment! vous aussi, vous travaillez ici? C'est trop fort pour vous; rentrez, rentrez dans la maison, cette besogne n'est pas pour vous. »

« Mon Père, disait plus tard au saint le novice reconnaissant, que je vous remercie d'avoir fait servir la faiblesse de mon corps à guérir celle de mon âme! Si je suis resté dans la Compagnie, c'est à votre douce compassion que je le dois. »

Mais cette miséricordieuse bonté savait se faire sévère, quand le besoin des âmes le demandait. Plusieurs exemples le prouvent.

Le Père Jérôme Otelli, qui prêchait à Rome, où il était très admiré, s'oublia un jour, emporté par son zèle, jusqu'à s'écrier en chaire : « Si l'amour de Dieu, si la crainte de ses jugements sont pour vous des freins insuffisants, il faudrait que le souverain pontife eût recours aux châtiments, et qu'une loi condamnât tous les grands coupables à être chassés de la ville sainte ! »

Ignace après le sermon fit appeler le Père.

« Combien y a-t-il de souverains pontifes ? lui demanda-t-il.

— Mon Père, il n'y en a qu'un, celui de Rome, fut la réponse.

— Ainsi donc vous vous permettez, non seulement de désigner en chaire un personnage, mais le plus grand, le premier personnage du monde ! Et non content de le nommer, vous lui tracez sa conduite, comme s'il vous fût permis de le diriger, et surtout dans un tel lieu ! Allez, pensez devant Dieu à la pénitence que vous méritez ; ce soir vous reviendrez m'apporter votre réponse. »

Et le soir le Père Otelli, s'agenouillant devant son Père général, lui remet par écrit la punition qu'il croit avoir méritée :

« Parcourir les rues de Rome en se flagellant (pénitence publique encore usitée en ce temps), faire à pied le pèlerinage de Jérusalem, jeûner plusieurs années au pain et à l'eau, enfin se soumettre à tout ce que son supérieur croira bon d'ajouter. »

Tel était le programme du saint pénitent ; mais Ignace n'y souscrivit pas, et ordonna seulement au Père Otelli quelques mortifications. Le principal, pour lui, était qu'on reconnût sa faute.

Ignace faisait souvent venir à Rome ceux des Pères qui rendaient le plus de services et dont le zèle était le plus ardent. Les voyant de plus près, il pouvait mieux juger de leurs aptitudes et ainsi choisir leur destination.

Le Père Laynez, provincial d'Italie, se plaignait à son général de cette mesure, par laquelle, disait-il, on dépouillait tous les collèges au profit de la maison professe de Rome. Ignace ne répondait pas à ces plaintes, qui se renouvelaient sans cesse, quoique toujours respectueuses dans la forme. Jugeant enfin la mesure comble, il écrivit au Père Laynez :

« Il ne vous est pas permis de manquer à vos devoirs d'inférieur pour remplir plus parfaitement ceux de supérieur. Je vous engage à rechercher la cause de cet attachement à votre propre sens. Voyez s'il provient uniquement d'un vrai zèle pour la gloire de Dieu ou d'un orgueil secret. Si vous vous trouvez coupable, je vous laisse juge de la pénitence que vous méritez. »

Le Père Laynez obéit ; il s'examine devant Dieu, se reconnaît coupable et pleure sa faute.

Non content de demander humblement pardon à son Père général, il le supplie de lui ôter la charge de provincial et de lui interdire à l'avenir les postes supérieurs, la prédication et l'étude ; sa pénitence devait être, selon lui, de venir à Rome en mendiant, pour y être employé aux plus bas offices ou à enseigner la grammaire dans les collèges. Mais saint Ignace, satisfait de l'humiliation, ne voulut point d'autre pénitence.

Deux Frères coadjuteurs, sans doute enclins à la paresse, causaient tranquillement dans une cour, quand le Père général la traversa. Il les regarde, leur montre du doigt un tas de pierres et leur ordonne de les porter sur le toit. Quelques jours après, il les surprend de nouveau à ne rien faire ; il les regarde encore, leur montre les pierres qui sont sur le toit, et leur ordonne de les descendre. Cette fois, les Frères comprirent et se défièrent de l'oisiveté.

Pour ceux des Frères qui travaillaient courageusement à se vaincre, une parole du Père général était un encouragement tout-puissant. L'un d'eux, naturellement porté à la colère, pour en éviter l'occasion, se tenait à l'écart des autres. Ignace s'en aperçoit, s'approche de lui et lui demande de sa voix la plus douce ce qui fait qu'il est seul.

« Mon révérend Père, je suis si emporté, que je crains de pécher par impatience avec mes Frères.

— Vous vous trompez, mon Frère, lui dit le saint. C'est par le combat et non par la fuite qu'on triomphe. Quelques moments d'empire sur vous-même, au milieu des occasions qui vous effrayent, vous feront avancer plus qu'une année de solitude, croyez-moi. »

Le Frère, docile à la voix de son supérieur, se hâta d'obéir et reconnut bientôt l'utilité de ce conseil.

D'un naturel ouvert et gai, le novice Cartero riait toujours. Saint Ignace un jour, en passant près de lui, lui dit :

« François, on dit que vous riez toujours. »

S'attendant à une réprimande, déjà le pauvre novice baissait la tête.

« Eh bien ! ajoute le saint, riez et réjouissez-vous dans le Seigneur ; il peut arriver qu'on vous envoie en Sicile quand vous auriez voulu aller en Flandre, et si vous n'y allez de bon cœur, vous aurez des regrets qui vous attristeront. Afin d'être toujours gai comme vous l'êtes aujourd'hui, appliquez-vous donc à être humble et obéissant. »

Il reste à dire à quel point la sainteté d'Ignace avait transformé son tempérament impétueux et violent. Aucun événement, quel qu'il fût, n'avait le pouvoir d'amener sur ses traits la plus légère trace d'émotion.

A la suite d'une tumeur, il s'agissait un jour de lui

appliquer sur le cou un appareil que le Frère infir-
mier, pour plus de solidité, voulut coudre. Au bout
d'un instant Ignace, avec le plus grand calme, lui dit:

« Frère Jean-Paul, je crois que vous cousez aussi
mon oreille. »

Et c'était vrai. L'oreille était déjà traversée par
l'aiguille, sans que le saint eût fait le plus léger mouvement.

Pendant neuf années consécutives, un propriétaire
voisin de la maison professe, qui avait entrepris de
faire acheter sa maison aux Jésuites, s'ingénia à les
incommoder de mille façons, toutes plus désagréables
les unes que les autres. C'était un mur touchant au
réfectoire, mur où il refusait de laisser percer des
fenêtres, ce qui pendant neuf ans força les Pères
à avoir de la lumière en plein midi dans cette partie
de la maison. C'était encore un rassemblement d'a-
nimaux les plus bruyants, dont il emplissait la cour
derrière ce même mur.

Enfin, le nombre des religieux croissant toujours,
Ignace se vit forcé de donner à cet homme le prix
exagéré qu'il demandait; mais ce prix était convenu
pour la maison et pour les dépendances telles qu'elles
étaient, et, avant de céder la place aux Jésuites, ce
misérable fit enlever portes, fenêtres, grilles, boise-
ries, ferrures, même plusieurs pierres. Tout autre
que le saint lui eût intenté un procès; pas une parole
de blâme ne sortit de la bouche d'Ignace, et il prit
possession de ces murs délabrés sans paraître même
s'apercevoir de l'injustice.

Quelque temps après, une violente maladie mit en
danger les jours d'Ignace et redoubla les inquiétudes
de ses Frères, toujours préoccupés de la crainte de
le perdre. Le jeune médecin qui le soignait, croyant

à un refroidissement, fit entasser sur lui les couver-
tures, calfeutra ses fenêtres, quoiqu'on fût en été,
enfin le réduisit à un degré de faiblesse tel, qu'il
perdait connaissance à chaque instant.

Toujours obéissant, Ignace se laissait faire; mais
les religieux effrayés appelèrent près de lui un autre
médecin, qui se hâta de modifier entièrement le traitement prescrit, en recommandant de plus au saint
malade d'éviter avec soin, comme dangereuse, toute
émotion. Ignace réfléchit, cherche ce qui pourrait
bien l'émouvoir encore; enfin il dit :

« J'ai trouvé. Ce serait la destruction de la Compagnie; mais si ce n'était pas par ma faute, je la ver-
rais se dissoudre comme un grain de sel dans un
verre d'eau, qu'un quart d'heure passé aux pieds de
Notre-Seigneur me suffirait pour retrouver ma liberté
d'esprit. »

La maladie céda enfin, mais non sans altérer sen-
siblement les forces du saint.

Cependant, le nombre des religieux et des élèves
croissant toujours, Ignace recevait les uns et les
autres sans s'informer si les ressources répondaient
aux besoins, et sa foi dans la Providence était cons-
tamment justifiée par les faits. Le collège romain
renfermait vingt-huit religieux. Ignace voulait en
élever le nombre à cent, et le Père Manare, qui en
était recteur, reçut en conséquence l'ordre de tout
préparer dans cette vue.

Un ordre d'Ignace était un ordre du Ciel, dans la
pensée des religieux. Il n'y avait, entre la maison
professe et le collège, que cinq ducats; où prendre
avec cela le nécessaire pour soixante-douze religieux
de plus? Le Père Manare, malgré cela, s'entend avec
le Père de Polanco, et tous les deux prennent les

dispositions ordonnées par le saint. Un jour, Ignace veut voir les logements préparés pour les Pères attendus. On le mène au grenier; il voit des lits, des sièges, des tables pour écrire, et on lui dit :

« Voici les chambres de nos Pères.

— Hélas! est-ici que nos Frères coucheront? d au Père de Polanco le saint Père général; mais l'hiver n'est pas loin. Nos Frères habiteront-ils donc sous ces toits à jour, à la belle étoile?

— Mon révérend Père, nous n'avons plus d'argent et nous n'en pouvons plus emprunter.

— Il faut faire le plafond; Père de Polanco, répond avec tranquillité le saint, la pauvreté est le mur d'appui d'un ordre religieux, mais Dieu n'exige pas de ses serviteurs la misère à laquelle vous les condamnez. »

Le Père de Polanco sort le lendemain pour chercher à emprunter de l'argent; car le saint a parlé, et il faut obéir. A quelques pas de la maison, il rencontre un Navarrais qui lui offre cinquante écus d'or à garder, avec permission de s'en servir au besoin, et le même jour une somme plus forte encore lui est avancée par un Portugais sous les mêmes conditions. Bientôt après, des aumônes arrivaient si abondantes, qu'on put non seulement acquitter les dettes, mais encore pourvoir à toutes les exigences du moment.

A son tour, le collège germanique tomba dans le dénuement. Au recteur Guido, qui lui exposait sa détresse, Ignace répondit en souriant :

« Maître Guido, quelles friandises donnerez-vous à vos élèves pour les réjouir aux fêtes de Noël?

— Ah! mon Père, lui dit le recteur, ce n'est pas de friandises qu'il s'agit, mais de pain, et le boulanger ne veut **plus en fournir.**

— Alors, reprit le saint, Dieu vous en donnera, ayez confiance; en attendant, achetez ce qu'il faut pour récréer ces jeunes gens, et laissez Dieu Notre-Seigneur avoir soin du reste. »

Le lendemain, Ignace recevait du pape Jules III cinq cents ducats, qu'il partageait entre les deux collèges.

L'année suivante, la guerre éclatait entre Philippe II et le pape Paul IV, et les Espagnols envahissaient les États de l'Église. La misère était à son comble; il n'y avait pas jusqu'aux cardinaux qui renvoyaient leurs gens, faute de pouvoir les payer.

La maison des Jésuites et leurs deux collèges, atteints comme tout le monde, n'avaient que tout juste le pain nécessaire.

En présence d'une telle situation, les bienfaiteurs du collège germanique engageaient le Père général à renvoyer les élèves et à renoncer à un établissement aussi coûteux.

« Que ceux qui sont las de ce fardeau s'en déchargent sur moi, leur répondit Ignace; pour moi, tant que je vivrai, je le soutiendrai, et je compte d'autant plus sur l'aide de Dieu, que les secours humains me manqueront. Je me vendrais moi-même plutôt que d'abandonner mes chers Allemands. »

Le moyen auquel il s'arrêta pour les garder fut de les disséminer dans les maisons de la Compagnie les moins éloignées de Rome; ils y demeurèrent jusqu'à la fin de la guerre. Quant au collège romain et à la maison professe, les prières du saint leur obtinrent toujours l'absolu nécessaire et souvent davantage.

Bien plus, la santé des élèves et quelquefois celle des Pères exigeant la ressource d'une maison de campagne aux environs de Rome, il ne craignit pas, malgré cela, de faire construire les bâtiments nécessaires sur un terrain placé près de Sainte-Balbine et qu'il avait acheté l'année précédente.

« C'est vraiment un miracle de chaque jour, disait le Père Gonzalez de Camaro, alors à Rome. Dans un temps où tout le monde est obligé de se restreindre, c'est un miracle de la Providence que l'existence de nos maisons par les seules ressources de la charité.

— Le contraire serait plutôt un miracle, lui répondit Ignace ; oui, si Dieu laissait sans secours ceux qui se confient en lui seul, ce serait un miracle. Êtes-vous donc arrivé jusqu'à ce jour, Père Gonzalez, sans remarquer que nos ressources ont toujours été proportionnées à nos charges? Servons Notre-Seigneur, et il saura pourvoir à nos besoins. Pour moi, je recevrais aussi bien mille nouveaux disciples que j'en ai reçu cent dernièrement, car il n'est pas plus difficile à Dieu d'en faire vivre mille que d'en faire vivre cent. »

Un jour, tout manquait à la fois dans la maison, le pain, le vin, le bois, l'argent. Ce même jour une charrette de bois, envoyée par une personne pieuse, arrive. Le portier fait entrer la charrette, referme la porte, se retourne pour rentrer, et voit dans la cour plusieurs tonneaux de vin et plusieurs sacs de blé ! Par où étaient entrées ces provisions? Qui les avait envoyées? On ne le sut jamais. Le saint fondateur, s'il le savait, en garda le secret par humilité.

Le Père de Polanco cherchait un jour des papiers dans une grande malle qu'il ne fermait jamais. Sa main rencontre un rouleau dont il ne soupçonnait pas l'existence et dont le poids l'étonne. Il l'ouvre ; ce sont des écus d'or, qui ne pouvaient mieux arriver qu'en ce moment. Le Père les porte au saint, qui remercie la Providence et dit ensuite au Père :

« Père de Polanco, on ne saurait jamais trop présumer de Celui à qui il est aussi facile d'exécuter que de vouloir. »

Aussi le Père de Polanco disait-il souvent à ses frères :

« Je ne m'inquiète jamais de savoir si j'ai de l'argent, mais seulement si le Père Ignace l'ordonne, car sa parole vaut de l'or. »

Et le Père Olave écrivait à Ribadeneira :

« Pour croire à la sainteté de notre Père Ignace, je n'ai nul besoin de lui voir guérir des malades ou ressusciter des morts. Ce qui se passe journellement à Rome dans nos maisons et sous mes yeux est plus que suffisant pour me prouver qu'il est un saint. »

Au pape Marcel II, très bienveillant pour les Jésuites, mais dont le règne n'avait été que d'un instant, avait succédé le cardinal Caraffa, connu sous le nom de Paul IV : et le saint, qui connaissait son caractère, n'avait pu se défendre de quelque émotion en apprenant son élévation au trône pontifical ; mais il se rassura dans la prière et revint peu après dire à ses religieux :

« Nous aurons un pontife ami, bien que la Compagnie doive en être éprouvée pour l'exercice de sa patience. »

Peu après, en effet, et comme preuve de sa haute estime pour la Compagnie, Paul IV annonçait en plein consistoire son intention d'élever le Père Laynez à la dignité de cardinal. La résistance d'Ignace, d'accord avec celle du Père Laynez, fut d'abord inutile ; mais le pape à la fin se laissa fléchir, et n'en comprit que mieux le mérite de ces hommes apostoliques, aussi empressés à fuir les honneurs qu'on l'est d'ordinaire à les rechercher.

Mort de saint François Xavier.

4*

Deux Pères de la maison de Lorette, en mission à Macerato, s'y trouvaient pendant les trois jours précédant le carême de cette année 1555. Quelques jeunes gens se préparaient en même temps à donner au peuple la représentation de pièces de théâtre très immorales, et, en réparation de ce mal qu'ils ne pouvaient empêcher, les deux Jésuites annoncèrent en chaire que le saint Sacrement serait exposé pendant ces trois jours à l'adoration des fidèles. Leur appel est entendu de la foule. Ils prêchent, ils convertissent, et le bon Père Ignace, informé aussitôt de leur succès, ordonne à toutes les maisons de la Compagnie d'exposer le saint Sacrement pendant les trois jours qui précèdent le carême, en expiation des crimes de tout genre qu'entraînent ces jours de plaisir.

Cette même pensée, communiquée par lui au saint-père et aux cardinaux, fait naître dans toute l'Église la dévotion des Quarante-Heures.

Il serait long d'énumérer toutes les institutions créées par saint Ignace de Loyola, et celles dont il eut la première pensée : orphelinats, maisons de refuge, asiles pour les juifs convertis, séminaires, collège romain et collège germanique, institution des Quarante-Heures. Mais, entre toutes ces œuvres, celle qui les domine et les résume toutes, c'est le collège d'apôtres formé par lui, c'est la Compagnie de Jésus.

Le terme de tant de travaux approchait cependant, et Ignace voyait avec joie la mort venir ; mais il était seul à en avoir le pressentiment ; les autres Pères n'y croyaient pas, et il ne voulait inquiéter personne. De tous ses disciples, le seul qui fût à Rome, le Père Laynez, était mourant ; d'Hozez, Codure, Lefèvre, Xavier, étaient déjà au ciel, et les autres dispersés dans la Compagnie.

Le 30 juillet, après sa communion, Ignace demanda le Père de Polanco, et lui dit :

« Le moment est venu d'aller dire à Sa Sainteté que je suis à l'extrémité, et que je lui demande humblement sa bénédiction.

— Mon Père, lui répond de Polanco, les médecins ne vous jugent pas aussi mal que cela, et j'espère de la miséricorde divine qu'elle nous conservera notre Père longtemps encore. Cependant, pour vous obéir, j'irai parler au pape ; mais j'ai plusieurs lettres pressées à expédier ; puis-je attendre à demain ?

— Comme vous voudrez, répond le saint malade ; je m'abandonne à votre bon plaisir. »

Le soir, les Pères de Madrid et de Polanco reviennent auprès du saint, assistent à son léger repas et l'entretiennent d'affaires. Ignace donne ses avis avec son calme et sa lucidité ordinaires. Les Pères se retirent rassurés, bien convaincus que son état ne s'est pas aggravé, et qu'ils peuvent espérer encore. Mais le lendemain vendredi, avant le lever du soleil, les mêmes Pères entrent dans sa chambre. Il n'avait fait appeler personne, et il était à l'agonie.

Il s'était abandonné au bon plaisir d'un de ses religieux, et il ne parlait plus qu'à Dieu seul de sa mort.

Prévenu en toute hâte par le Père de Polanco, le pape envoie sa bénédiction au saint mourant, qui peu de temps après joint ses mains défaillantes, regarde le ciel et meurt en prononçant le nom de Jésus.

C'était le 31 juillet 1556, anniversaire de l'approbation par le saint-siège du livre des *Exercices spirituels*.

Ignace de Loyola avait soixante-cinq ans. Il y en

avait trente-cinq qu'il s'était donné à Dieu, vingt-deux qu'il avait consacré ses premiers disciples à Montmartre, et seize que la Compagnie de Jésus était constituée en ordre religieux.

Aussitôt après la mort de saint Ignace, les miracles nombreux qui s'opérèrent sur sa tombe manifestèrent jusqu'à l'évidence la sainteté du fondateur de la Compagnie de Jésus.

Un des plus intéressants se rapporte à Maria Nateri, jeune fille du bourg de Loano, dans le Piémont. Elle disait un jour à sa mère :

« Mère, j'ai rêvé, la nuit dernière, que j'étais tombée dans la mer et que j'en étais retirée par la madone du mont Carmel et par le bienheureux Ignace.

— C'est tout simple, ma fille ; tu as reçu l'autre jour l'habit du mont Carmel, et tu entends souvent parler des miracles du bienheureux Ignace ; il est donc tout naturel que tu en aies rêvé. De plus, tu es préoccupée du pèlerinage que nous devons faire.

— Aussi, bonne mère, je n'y attache aucune importance ; ne suis-je pas d'ailleurs persuadée que la sainte Vierge ne me protège pas en proportion de ma dévotion pour elle ? C'est même là mon plus grand chagrin.

— Je t'ai déjà dit, Maria, qu'il ne faut pas penser cela. C'est mal, mon enfant.

— Que voulez-vous que je fasse à cela ? c'est une pensée involontaire. »

Le lundi de la Pentecôte, la mère et la fille se mirent en route pour le pèlerinage projeté. C'était à un sanctuaire du village d'Arassio, dédié à Notre-Dame du mont Carmel et très célèbre dans le pays. Elles y allaient à pied. La pluie, qui tomba par torrents dès qu'elles furent arrivées à Arassio, détrempa tellement les chemins, qu'il leur fallut, pour revenir, côtoyer le bord de la mer jusqu'à Loano, distant de douze milles. Maria, qui marchait un peu en avant de sa mère, par distraction probablement, ne se détourna point à l'approche d'un petit torrent qu'on traversait d'ordinaire facilement, tant les bords en étaient resserrés.

« Maria ! lui criait sa mère effrayée, n'avance pas davantage, le torrent est débordé ; Maria ! »

Le bruit des vagues étouffait la voix de Mme Nateri ; et sa fille, avant qu'elle puisse la rejoindre, glisse dans le gouffre, d'où le torrent l'entraîne vers la haute mer.

« Notre-Dame du mont Carmel, ayez pitié de nous ! » s'écrient en même temps la mère et la fille.

Celle-ci reparaît aussitôt, étendue sur les flots, immobile, les yeux fixes et élevés vers le ciel. Éperdue, tout en larmes, la mère court chercher du secours ; mais quel nageur assez hardi affrontera une mer déchaînée comme celle-là ! Rinaldi le pourrait, mais Rinaldi est à deux milles de là ; avant qu'il soit venu, Maria aura péri. Cependant Pietro d'Albenga, un des témoins, qui la voit environnée de lumière et la tête couronnée d'étoiles, s'écrie que Dieu veut la sauver.

Sur le rivage, la foule augmente, l'anxiété de la mère est devenue l'anxiété de chacun.

Enfin le grand nageur arrive ; il se jette à la mer, il disparaît avec Maria ; mais bientôt, immobile comme avant et couchée sur les flots comme dans un lit, elle reparaît ; Rinaldi la pousse devant lui comme il aurait poussé une planche, jusqu'au rivage.

Là Maria se jette à genoux, et tous les assistants, prosternés avec elle, remercient la Madone et saint Ignace.

On l'interroge. Les religieux carmes de Loano veulent savoir d'elle par quelle intervention surnaturelle elle a été sauvée. Elle se borne à répondre que la Madone et saint Ignace l'ont exaucée. Mais quand la foule s'est écoulée et qu'elle est seule avec sa mère :

« Je vais vous dire tous mes secrets, bonne mère; mais que personne autre que vous ne sache ce qui m'est arrivé. J'ai dit que la Madone et saint Ignace m'ont délivrée, cela suffit. »

L'heureuse mère promet tout; Maria reprend :

« Lorsque je fus entraînée dans la mer, j'appelai à mon aide Notre-Dame du mont Carmel et je lui demandai pardon d'avoir douté de son amour; puis j'invoquai le bienheureux Ignace, en lui disant :

« — Mon Père, j'ai deux frères dans votre Compagnie; ils sont vos enfants; venez à mon secours, sauvez-moi ! »

« Je perdis connaissance, ne voyant plus ni la mer ni la terre, n'entendant plus le bruit des vagues; je me voyais dans une nuée blanche et lumineuse qui me semblait s'élever jusqu'au ciel, au milieu d'anges, dont l'un tenait une robe de couleur fauve, celle du Mont-Carmel, que je venais de recevoir; un autre tenait une robe blanche.

« Une femme très belle, dont le visage était éblouissant, me semblait dominer la nue; mais les flots de lumière qui sortaient de son cœur me cachaient son visage, et pour voir ce visage je m'adressai à saint Ignace.

« Il m'apparut alors venant à moi, me regardant, mais sans parler.

« En ce moment, le souvenir d'une faute que j'avais commise contre lui me revint à l'esprit, et je m'écriai :

« — O bienheureux Ignace ! pardonnez-moi ! Je me souviens d'avoir douté de votre sainteté, et j'ai blâmé mon frère Antonio d'entrer dans un ordre dont le fondateur n'est pas canonisé. »

« Une voix très douce, la voix de la Madone, me dit alors :

« — Tu vois maintenant qu'il est saint, et qu'il est venu à ton secours quand tu l'as invoqué ; tu lui devras ton salut. »

« Et je compris que ce salut, aujourd'hui celui de mon corps, serait aussi le salut de mon âme pour l'éternité.

« Alors, quand Rinaldi me prit le bras, je crus qu'un démon voulait me saisir ; mais la fraîcheur de l'eau m'a ranimée, et je ne me suis bien reconnue que sur la plage. »

Peu de jours après avoir raconté cette vision à sa mère, Maria, qui s'était levée au milieu de la nuit pour en remercier Dieu de nouveau, vit tout à coup apparaître devant elle la Madone de la nuée, mais cette fois le visage sévère et les yeux courroucés. Prosternée, tout en larmes, elle suppliait la Vierge de lui faire connaître sa faute, et la Vierge avait disparu.

Trois heures après, accablée de fatigue et de douleur, la pauvre Maria laissa tomber sa tête entre ses mains, en priant Dieu de lui donner quelque repos.

Une voix dont la douceur est ineffable lui dit ces mots :

« Ma fille, raconte avec vérité ce que ma Mère a fait pour toi et ce que tu as vu. »

Instruite enfin de son devoir, elle déclara, sous la foi du serment et sans rien omettre, les faits que nous venons de raconter.

Le 30 juillet 1629, vers le soir, Paola Sbarbaglia tenait dans ses bras un enfant de sept mois, le fils de son beau-frère.

Un vent d'orage des plus violents, qui ébranlait la maison entière, et la pluie qui fouettait les vitres du rez-de-chaussée, rappelèrent à Paola que les fenêtres du premier étage étaient restées ouvertes.

Sans déposer l'enfant dont elle avait la garde, elle monta fermer les volets extérieurs ; mais le vent, plus fort qu'elle, les repousse, et elle se penche en dehors du balcon pour les saisir. L'enfant qu'elle tient toujours, enveloppé dans un lange très léger, fait un brusque mouvement, glisse de ses bras et tombe, précipité du balcon dans la rue.

Paola jette un cri, tombe assise sur un siège et s'évanouit, mais en prononçant le nom de saint Ignace, son saint de prédilection.

Quand elle reprend ses sens, l'enfant est dans ses bras ; il lui sourit, il la caresse. Elle ne s'en étonne pas ; car, pendant son évanouissement, saint Ignace lui est apparu, le lui remettant plein de vie.

« Et, ajoute-t-elle dans sa déclaration, comme la force me manquait pour prendre l'enfant, le bon saint l'a soutenu dans mes bras jusqu'à ce que mon émotion fût apaisée. »

Le lange de l'enfant, resté dans la rue, fut rapporté par des voisins, comme preuve de la vérité du miracle.

Pour lutter contre la corruption universelle, au XIIIᵉ siècle, il fallait la simplicité pleine d'amour de François d'Assise. Au XVIᵉ, pour former une milice capable de tenir tête aux flots de plus en plus envahissants de l'hérésie, il fallait l'énergie indomptable d'Ignace de Loyola. Aux peuples comme aux hommes, comme à chacun de nous, Dieu distribue ses dons selon les temps et selon nos besoins. Heureux celui qui sait l'admirer dans ses saints! mais plus heureux encore celui qui sait les imiter!

FIN

TABLE

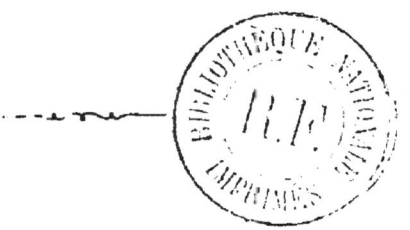

25994. — Tours, impr. Mame.

FORMAT IN-12 — 3ᵉ SÉRIE

BIBLIOTHÈQUE ÉDIFIANTE

ENFANTS DE LA BIBLE (les), par l'abbé Knell.

GROTTE DE LOURDES (histoire de la), par l'abbé A. Aubert.

JEUNES SAINTES (1ʳᵉ série). par M. l'abbé J. Knell, du diocèse de la Rochelle.

JEUNES SAINTES (2ᵉ série), par M. l'abbé J. Knell, du diocèse de la Rochelle.

LÉON XIII (histoire du Pape), racontée à la jeunesse, par l'abbé A. Aubert.

MARIE LECKZINSKA (vie de), par A.-B. de la Chaulne.

MERVEILLES DE PARAY-LE-MONIAL (les), par l'abbé A. Aubert.

MONTAGNE DE LA SALETTE (histoire de la), par l'abbé A. Aubert.

MORALE PRATIQUE, enseignée par l'exemple à la jeunesse française, par G. de Gérando.

NOTRE-SEIGNEUR JÉSUS-CHRIST (vie de), par M. l'abbé Verger.

SAINT ANTOINE DE PADOUE, par Joseph Boucard.

SAINT BENOIT (Vie et miracles de), par Joseph Boucard.

SAINT DOMINIQUE, par l'abbé Pradier.

SAINTE ÉLISABETH DE HONGRIE (histoire de), par D. S.

SAINT FRANÇOIS D'ASSISE, par M. l'abbé Verger.

SAINT FRANÇOIS DE PAULE, par M. l'abbé Pradier.

SAINT FRANÇOIS DE SALES, par Marsolier.

SAINT FRANÇOIS XAVIER (vie de), apôtre des Indes et du Japon.

SAINTE GENEVIÈVE, patronne de Paris (vie de), par D. S.

SAINT IGNACE DE LOYOLA (Vie de), par E. Peltier.

SAINT LOUIS, ROI DE FRANCE (histoire de), par de Bury.

SAINT LOUIS DE GONZAGUE (vie de), par le P. Virgile Ceprari, traduite par M. Galpin.

SAINT MARTIN, ÉVÊQUE DE TOURS (Histoire populaire de), par N. Cruchet et A.-H. Juteau.

SAINTS PATRONS DE L'AGRICULTURE (les), par le comte de Grimouard de Saint-Laurent.

SAINTS PATRONS DE L'ENFANCE (les), par le comte de Grimouard de Saint-Laurent.

SAINT PAUL, APOTRE DES GENTILS (histoire de), par D. S.

SAINT PIERRE, PRINCE DES APOTRES ET PREMIER PAPE, par M. l'abbé Janvier.

SAINTE THÉRÈSE, d'après les auteurs espagnols et les historiens contemporains, par M. de Villefore.

SAINT VINCENT DE PAUL, instituteur de la congrégation de la Mission et des Filles de la Charité, d'après M. Collet.

SANCTUAIRES DES PYRÉNÉES (les). Pèlerinages d'un catholique irlandais ; traduit de l'anglais de Denys-Shyne Lawlor, esq., par Mᵐᵉ la Cᵗᵉˢˢᵉ L. de l'Écuyer.

SOUVENIRS DE CHARITÉ, par le comte de Falloux, de l'Académie française.

TRÈS SAINTE VIERGE (vie de la), par M. l'abbé Bourassé.

VIES DES SAINTS DE L'ATELIER (1ʳᵉ série).

VIES DES SAINTS DE L'ATELIER (2ᵉ série).

VISITES DES ANGES (les), traduit de l'anglais par W. Fitz-Gerald.

Tours. — Imprimerie Mame.

www.ingramcontent.com/pod-product-compliance
Lightning Source LLC
Chambersburg PA
CBHW071231260626
47162CB00004B/1514